L'été de ton
RETOUR

Amelia C. Jones

Prologue

Le bruit des vagues sur la jetée, les battements précipités de mon cœur, son regard sur moi ; je veux me concentrer sur ces sensations pour ne jamais les oublier. Je ne sais pas pourquoi, mais ma tête me répète que c'est peut-être la dernière fois que je le vois. L'idée est absurde puisqu'il a promis de venir pendant les prochaines vacances, et pourtant elle refuse de me quitter. Mon regard se brouille, j'ai des larmes plein les yeux. Tom prend mon visage entre ses mains.

— Ne pleure pas, ça va aller.

Comme toujours, son ton me rassure. Tom, lui que je connais depuis des années, mon meilleur ami, mon premier amour. Même si je ne le vois que l'été, quand je viens ici en vacances, il occupe toutes mes pensées et me manque dix mois sur douze depuis que j'ai huit ans. Mais cette année, je sais que ce sera encore plus difficile. Parce que cet été, tout a changé.

— Je veux juste rester avec toi.

Il me sourit. Ses yeux sont tristes, mais je vois qu'il essaie. Il soupire et passe une main dans ses longs cheveux dorés par l'été. Je me sens si petite à côté de lui, alors qu'on a presque le même âge ; il va rentrer en terminale, et moi en première. Il y a quelque chose de différent chez lui qui me fait sentir vulnérable. Je crois que c'est la force des sentiments que je ressens pour lui.

— Tu n'as rien à craindre, continue-t-il.

Dans sa voix faussement confiante ressort une pointe de son accent anglais.

— On va faire comme on fait tous les ans. On va s'appeler et le temps passera vite.

— Mais ce n'est pas comme les autres années. Ça n'a plus rien à voir, maintenant que...

— Je sais.

Maintenant qu'on sort ensemble, tout est différent pour moi. Avant, l'idée d'être avec lui était comme un rêve de gamine. L'avoir comme meilleur ami me suffisait parce que je ne pensais pas qu'il me voyait autrement.

Il m'attire à lui. On est seuls, debout sur les rochers. Quelques promeneurs marchent le long du chemin, mais il est encore tôt et les vacanciers n'ont pas envahi la plage. Même s'il fait bon, j'ai presque froid et ma poitrine s'emballe. J'ai l'impression que je vais me sentir mal. Tom a l'air de se rendre compte que je suis sur le point de craquer.

— Amy, je t'aime. Je t'aime depuis longtemps et ce n'est pas les prochains mois qui vont changer quelque chose. Ça va sans doute être dur, ouais, mais ça ne changera rien, ok ?

J'acquiesce contre lui. Je veux tellement y croire. Thomas m'aime. Je ne suis pas qu'une amourette de vacances pour lui. Il viendra me voir à Lyon pendant les vacances. Londres-Lyon, ça se fait facilement en avion et il aura bientôt dix-huit ans, ses parents le laisseront sans doute voyager seul. Il faut que je prenne sur moi et que j'arrête de pleurer, sinon il ne pourra jamais partir.

— Tes parents vont s'inquiéter, lui dis-je en tentant de reprendre ma contenance habituelle.

— On a encore quelques minutes. On doit quitter l'appartement à huit heures, pas avant.

Ses parents, je les connais à peine. Ils n'ont jamais fait attention à moi ni à ce que pouvait faire Thomas de ses étés. Ils passent leurs journées au bord de la piscine, un livre ou un magazine dans les mains, en s'adressant à peine la parole. C'est sans doute pour ça que Tom aime autant ma famille. Mes deux grands frères sont toujours sympas et mes parents l'invitent à manger plusieurs fois par semaine ; rien à voir avec ce qu'il vit à la maison.

— Tu peux me promettre quelque chose ? me demande-t-il soudain.

— Dis-moi.

— Quand je vais partir tout à l'heure, tu me promets de garder le sourire ? J'aime quand tu souris. Lis, pense à autre chose. Je t'enverrai un SMS en arrivant.

— Je vais essayer.

À chaque fois qu'il joue à l'adulte, il me fait rire. Tom a ce côté sérieux, qu'il tient peut-être de son éducation en Angleterre, et qui m'a toujours amusée. Mais il n'est pas toujours comme ça, il garde ça pour ce genre de moments.

Ma tête se pose contre sa poitrine et je me laisse enivrer par son odeur. Je veux le garder pour moi. Je ne veux plus avoir l'impression de ne pas le mériter.

On reste un moment sans bouger, sans parler, à profiter des minutes qu'il nous reste. Quand il finit par s'écarter, c'est pour m'embrasser. Un peu gênée, je le laisse faire et mon cœur s'emballe à nouveau.

— Pars en premier, me murmure-t-il à l'oreille. Rentre prendre ton petit-déj. Tes parents te changeront les idées. Vas-y.

Je n'ai pas la force de refuser. Je préfère me concentrer pour retenir mes larmes. Pourquoi est-ce que j'ai l'impression que je ne le reverrai jamais ? Pourquoi ?

— À bientôt, Tom, dis-je d'une voix faussement enjouée.

Je dépose sur ses lèvres un rapide baiser et je le laisse sur les rochers. Je remonte la plage sans me retourner. Je vais le revoir, c'est sûr. Rien n'est terminé.

Chapitre 1

La mer est si belle vue d'en haut, c'est que je me dis à chaque fois que j'atterris à l'aéroport de Nice. De la plage, l'eau paraît toujours plus foncée, alors que de mon hublot, j'observe ce dégradé de turquoise au bleu noir, teinté de taches blanches. À mes côtés, ma voisine anglaise si bavarde continue de me poser mille et une questions sur la côte, auxquelles je réponds à peine. L'avion se pose, mais je ne me presse pas pour me lever et j'attends tranquillement que la cabine se vide avant de me diriger vers la sortie. C'est les vacances et je devrais sans doute me mettre un peu plus dans l'ambiance, mais j'ai encore du mal à décrocher de mon quotidien. Et puis, les vacances, ça veut dire me replonger dans une atmosphère que j'aimerais parfois oublier. Je reviens en terres connues : l'appartement de mes parents, dans la marina où nous venons passer tous les étés depuis mes quatre ans. Je me demande pourquoi je continue à venir ici. Par nostalgie ? Sans aucun doute. Mais c'est surtout pour voir mes parents et mes copines de plage, mes plus vieilles amies, moi qui suis d'ordinaire si solitaire.

Et après tout, qu'est-ce que je pourrais faire d'autre ? J'ai vingt-cinq ans, je suis toujours célibataire et je n'ai aucune envie de passer l'été dans le village où je passe déjà toute l'année scolaire. Ce serait un coup à croiser mes élèves tous les jours dans les ruelles, pas de quoi se sentir en vacances. Au moins ici, je sais que je vais prendre le soleil, me baigner et traîner avec les filles… Il y a pire, comme été, non ?

Je traverse l'aéroport bondé pour aller récupérer mes bagages. J'attrape en marchant mon téléphone et j'envoie un SMS à ma mère qui me répond dans la minute. Mes parents m'attendent dehors, ils tournent en voiture depuis un moment pour éviter d'avoir à se garer et à payer les quatre euros de stationnement. Pas surprise le moins du monde, je sors et je les attends sur la portion « dépose-minute » du terminal 2. Quand ils arrivent enfin, c'est la course. Je jette mes deux valises dans le coffre et je monte en vitesse à l'arrière.

— Amy ! Tu as fait bon voyage ? me demande ma mère.

— Oui, c'était tranquille, rien de spécial.

Elle se retourne alors vers moi et me détaille de la tête aux pieds. Je sais très bien ce qu'elle va me dire, mais je souris quand même.

— Tu as l'air d'avoir encore perdu du poids, toi ! continue-t-elle en me dévisageant. C'est l'école ? Ça se passe encore mal ?

Encore. Je déglutis douloureusement en repensant à l'année horrible que j'ai vécue il y a deux ans, quand une mère d'élèves du village m'a harcelée pendant neuf mois.

— Non, tout va bien cette année. Aucun souci, dis-je avec un sourire faussement décontracté.

— Alors quoi ? Tu ne manges pas assez ?

Je secoue la tête et lui tapote l'épaule affectueusement. Ma mère s'inquiète toujours pour moi et j'avoue que même si ça a tendance à m'agacer, je sais que ça part d'un bon sentiment.

— C'est la fin de l'année, j'avais beaucoup de trucs à faire, tu sais ? Avec le spectacle, la kermesse et tout ça. Mais ne t'en fais pas, maintenant c'est repos.

Elle hoche la tête, satisfaite.

— On t'a pris tout ce que tu aimes. C'est dommage que tes frères ne puissent pas venir cet été.

C'est à mon tour d'acquiescer. Mes frères sont tous les deux mariés depuis quelques années, je comprends tout à fait qu'eux aient autre chose à faire que de revenir ici.

Le reste du trajet se passe à discuter des dernières nouvelles du reste de la famille avec laquelle j'ai peu de contacts, surtout par manque de temps. Bientôt, nous arrivons en vue des Marinas, plusieurs grands bâtiments de forme pyramidale au milieu desquels se trouve un port de plaisance et une jolie piscine privée. Un petit coin de paradis que peu de gens connaissent, plus tranquille que la grande majorité des endroits de la Côte d'Azur en plein mois de juillet. C'est ici que mes parents ont décidé d'acheter un petit trois-pièces au rez-de-jardin au moment de prendre leur retraite. Ils ont vendu notre maison de famille de la région lyonnaise et sont venus s'installer au bord de l'eau à l'année. Quand je les vois ici heureux et épanouis, je sais qu'ils ont fait le bon choix, même si notre famille se réunit moins souvent maintenant.

Mon père gare la voiture dans le stationnement souterrain et l'on sort de l'ascenseur pour se retrouver au beau milieu du parc de la résidence. L'appartement de mes parents est juste là. Je passe la porte et l'odeur des vieux meubles qu'ils ont ramenés ici me fait sourire. Même si ce n'est pas chez moi, je m'y suis toujours sentie à l'aise. Je me déchausse et prends immédiatement la direction de ma chambre, puisque j'ai une chambre chez eux, où je dépose une première valise. Une fois que mon père m'a apporté la seconde, je m'éclipse sous la douche et en ressors en pyjama. Après un repas rapide, je file me mettre au lit, contente finalement d'être ici.

Le lendemain, après un bon petit-déjeuner sous l'œil attentif de ma mère, je file directement à la piscine avec un bouquin. Cette piscine n'est pas réservée à la résidence, mais c'est tout comme, puisqu'elle est principalement occupée par les habitués de la marina. Ici, tout le monde connaît tout le monde… À peine installée sur un transat, j'entends une voix familière.

— Amy ! Tu es là ! Olala, j'ai l'impression que ça fait trois ans qu'on ne s'est pas vu ! me lance ma copine, Coralie.

La jolie blonde se penche pour me faire la bise. En moins de vingt minutes, je connais tous les derniers potins des marinas : qui a trompé qui, les divorces, les nouveaux couples et les habitués qui n'ont pas passé l'hiver… Le sujet ne m'intéresse pas vraiment, mais on dirait que c'est un incontournable pour la plupart des gens qui viennent ici. En tout cas, Coralie a l'air en forme et égale à elle-même, ça me fait plaisir de la voir. Même si on s'envoie souvent des textos, je suis contente de pouvoir toutes les retrouver en personne.

Rapidement, nos trois autres copines nous rejoignent : Ludivine, Sarah et Marie. Nous avons peu de choses en commun toutes les cinq ; nous avons toutes des métiers très différents les uns des autres et nos personnalités ne s'accordent pas toujours. Ludi travaille dans un cabinet de notaire, Sarah est dans l'édition, Marie refait une troisième licence (en psychologie cette fois) et Coralie travaille dans l'agroalimentaire (et je ne sais toujours pas exactement ce qu'elle y fait). La seule chose qui nous unit en fait, c'est l'obsession de nos familles pour ces vacances dans cette station balnéaire du sud-est de la France. Ah, nous sommes aussi dans la même tranche d'âge, même si Marie et moi sommes les plus jeunes de la bande. Malgré nos différences, je me sens proche de ces filles plus que de n'importe laquelle de mes connaissances dans mon village. Elles sont les seules à quasiment tout savoir de moi, même mes moments les plus sombres. Nous nous connaissons depuis si longtemps que j'ai souvent l'impression que je ne peux rien leur cacher, et inversement.

La journée se déroule au fil des baignades, des discussions plus ou moins animées de notre groupe de filles, agrémentées de quelques cocktails commandés au bar de la piscine.

— On sort ce soir? propose Sarah au moment où je commence à ranger mes affaires.

— Pourquoi pas ? répondis-je. Ça vous dit ?

— Bah oui, faut bien fêter ton arrivée ! s'exclame Coralie. Et n'oublie pas que tu ne nous as encore rien raconté de ton année, je veux tous les détails croustillants !

— Hm, tu risques d'être déçue, lui dis-je.

— Encore une année blanche ? ironise Ludivine.

— On peut dire ça, ouais. Enfin, je ne sais pas qui vous voulez que je rencontre au village… ce n'est pas très animé.

— Aucun père célibataire mignon dans l'école ? me demande Coralie.

— Non… Et je ne pense pas que ça me tenterait, si c'est pour se retrouver dans des histoires, ce n'est pas la peine.

— Oui, enfin si tu ne tentes jamais rien, tu ne risques pas de rencontrer quelqu'un ! continue Ludivine.

— Oh, laisse-la souffler un peu, me défend Sarah. Ce n'est pas facile de faire des rencontres dans les coins perdus comme ça, je sais ce que c'est… Ça me rappelle le village où j'ai grandi.

— C'est quand même fou, continue Coralie. Une si jolie fille, mimi comme tout, tu devrais avoir une longue file de beaux mecs derrière toi.

Je ne peux pas m'empêcher de lever les yeux au ciel.

— Imagine-moi pas coiffée, avec des cernes qui me tombent sur les joues et une robe pleine de traces de confiture, ou de boue, voire de morve, et on en reparle, dis-je en riant.

— Pfff, pouffe Sarah. Tu exagères, ma belle. Je doute que le problème vienne de là.

— Je suis d'accord, ajoute Marie en prenant son ton de future psy. Mais alors, il vient d'où le problème ?

— Bon, si vous voulez on en reparle ce soir, ça marche ? dis-je. Sinon je sens qu'on va rester ici encore une heure et qu'ils vont devoir nous foutre dehors.

Voilà, j'ai réussi à les mettre d'accord. Sur ce, je ne préfère pas m'attarder pour ne pas prendre le risque que le sujet soit relancé par l'une d'entre elle. On se donne rendez-vous deux heures plus tard, au pub qui a ouvert il y a trois ans au bout de la marina et je rentre prendre une douche. Mes parents ne sont ni surpris ni embêtés de me voir ressortir, au contraire je pense que ça les rassure un peu de constater que je peux avoir une vie sociale.

Je choisis une jolie robe d'été verte, ornée de grosses fleurs orange. Elle va bien avec mes yeux verts et mes cheveux châtain, pour une fois, je suis persuadée qu'aucune de mes copines ne critiquera mon choix. J'attrape mon sac, mon téléphone, j'enfile une paire de sandales et je file. Je passe les portes en fer de la résidence et regagne la rue qui longe le port juste en bas. Il fait bon ce soir et la marina est animée, comme toujours en été. Je décide de marcher au bord de l'eau, de l'autre côté de la rue, en regardant les bateaux amarrés. Je suis en avance, alors je ne me presse pas, surtout que j'imagine que les autres auront probablement quelques minutes de retard, comme souvent.

Perdue dans mes pensées, je me prends soudain les pieds dans une corde et pousse un hurlement digne d'une mauvaise comédie, quand je sens quelqu'un m'attraper par le bras. Je me retourne aussi sec et pose les yeux sur un homme assez grand, qui semble à peine plus vieux que moi et qui me dévisage d'un air rieur.

— Est-ce que ça va ? me demande-t-il en contenant un fou rire.

Je sens instantanément mes joues prendre feu. Je suis morte de honte, et c'est pire puisque l'homme qui vient de me sauver est atrocement charmant.

— Euh, oui. Merci, j'ai cru que j'allais tomber dans le port, dis-je bêtement.

— Je ne pense pas, mais vous auriez pu vous écorcher les genoux, ça aurait été dommage.

Je me sens vraiment ridicule. Il vaut mieux filer avant d'empirer mon cas.

— Oui, merci encore, dis-je avant de reprendre mon chemin.

Quelques instants plus tard, j'arrive au pub où notre petite Marie m'attend déjà. Je lui raconte ce qu'il vient de m'arriver et elle ne se gêne pas pour éclater de rire et répéter l'histoire aux autres à mesure qu'elles nous rejoignent. On passe nos commandes (je choisis un mojito XXL pour oublier mon humiliation) et les filles commencent à détailler tous les hommes qui se promènent sur le port ou qui entrent dans le pub.

— Regardez celui-là, il n'est pas à tomber ? lance alors Coralie.

Je me retourne sans voir de qui elle parle et je ne suis pas la seule. Il y a pas mal de monde dans l'entrée, puisqu'un grand groupe vient d'arriver et discute devant les portes.

— Lui, là, qui vient de rentrer ! Le grand avec les cheveux longs, blonds et la chemise blanche ! chuchote la jolie blonde tout excitée.

Enfin, je repère le garçon et je manque de m'étouffer. En vrai, je recrache carrément une gorgée de mojito dans mon verre et je reprends une teinte pivoine, tout en attrapant le bras de Sarah qui se trouve à ma droite.

— C'est lui ! C'est celui qui m'a empêchée de tomber tout à l'heure !

— Mais tu ne nous avais pas dit qu'il était si beau ! Attends c'est carrément un mannequin ce type ! s'exclame Ludivine. Fais-lui signe, vas-y ! Tu lui dois bien un verre.

— Je ne veux pas le déranger, répondis-je en m'enfonçant sur ma chaise.

— Le déranger ? reprend Ludivine. Tu es sûre que tu connais les hommes, toi ? Allez, écoute-nous un peu !

Je soupire, mais je lève quand même maladroitement le bras dans sa direction. Il pose les yeux sur moi, puis me sourit. Je lui fais signe d'approcher, consciente que mes quatre copines vont me tuer si je dis une connerie.

— Euh, bonsoir. Enfin, re-bonsoir, est-ce que je peux te payer un verre pour te remercier de m'avoir *sauvée* ?

Il se met à sourire à nouveau et j'ai presque l'impression d'entendre les filles soupirer derrière moi.

— Pourquoi pas, mais tu n'as pas à me remercier.

— C'est normal, l'encourage Coralie. Allez, on te fait une place, viens.

Il n'hésite pas longtemps et s'assoit à côté de moi, puisque bien évidemment, c'est là qu'on a tiré une chaise. C'est une bonne surprise, il s'appelle Lucas, il a de la conversation et il a l'air gentil. Il nous apprend qu'il travaille au port à l'année depuis trois ans et qu'il vit dans les Marinas. Je m'attends limite à ce qu'il nous dise qu'il vit sur un bateau et passe l'hiver à faire du surf sur les plages d'Hawaii, tant ça collerait à son portrait (et à son physique...). Je sens qu'en une soirée, il est déjà en train de s'attirer les bonnes grâces de mes copines et j'avoue qu'il me plaît bien. Il nous parle de plein de choses, s'intéresse à nous, ou du moins a l'air de s'intéresser, et il a quelque chose dans le regard qui fait que je ne peux pas m'empêcher de penser que je lui plais.

— Bon, je vais vous laisser, annonce Sarah, passé minuit.

— Moi aussi, dit Marie en se levant.

— Bah, rentrons toutes, reprend Coralie.

On se lève alors pour payer, mais la main de Ludi me tire vers l'arrière.

— C'est le moment de nous montrer que tu peux tenter quelque chose, me dit-elle à l'oreille.

— Mais quoi ? Je le connais à peine ce gars, et je ne sais...

— Je ne te dis pas de coucher avec ! Montre-lui qu'il te plaît c'est tout, parce qu'il te plaît, non ? Et au pire, qu'est-ce qu'il peut se passer ? Au pire, tu ne lui plais pas, c'est tout. Mais crois-moi, j'en doute fort !

— D'accord, peut-être que tu as raison, mentis-je.

— Alors, bouge-toi !

— C'est bon, j'ai compris ! Je vais essayer.

Mais elle ne me laisse même pas le temps d'ouvrir la bouche, puisqu'elle lance :

— Hey, Lucas, ça te dit de ramener Amy chez elle ? Moi, je vais raccompagner notre petite Marie qui habite de l'autre côté et Coralie et Sarah habitent moins loin que Amy, donc...

J'ai envie de creuser un trou pour me cacher. Ludivine raconte vraiment n'importe quoi, mais ça, Lucas ne le sait pas.

— Pas de soucis, répond tout de suite Lucas, ce sera avec plaisir.

Je me sens tout à coup rougir de la tête au pied et je croise les doigts pour que la pénombre ambiante ne lui permette pas de le remarquer. Je salue les filles et indique à Lucas le bâtiment dans lequel mes parents ont leur appartement. Je n'ai pas besoin de lui montrer la direction, il connaît parfaitement le port, tout comme moi. Sur le chemin du retour, la conversation se raréfie et ma timidité reprend le dessus. Mais je me force un peu, pour lui laisser une chance.

— Tu viens d'où ?

— De Nantes, me répond-il. Je venais parfois ici en vacances quand j'étais ado.

— C'est vrai ? Moi aussi je viens depuis longtemps, mais je ne me souviens pas t'avoir déjà vu.

— Non, moi non plus. On ne devait pas traîner avec les mêmes gens. N'oublie pas qu'on a aussi quelques années d'écart. Enfin, je pense.

— J'ai vingt-cinq ans, lui dis-je.

— Oui, c'est ce que je pensais. Moi je viens d'en avoir trente et un, c'est normal que tu ne te souviennes pas de moi.

— Oui, ça doit être pour ça.

— Tu es institutrice, si j'ai bien compris ?

— Oui, en maternelle. Petite, moyenne et grande section. Je suis dans un petit village alors c'est une classe unique.

— Ça doit être sympa de vivre à la campagne, mais j'imagine que des vacances dans un endroit qui bouge un peu plus, c'est agréable aussi.

— Oh oui, lui dis-je. La campagne me plaît bien, même si parfois je trouve le temps long. Ah, on est arrivé. C'est cette entrée que je prends.

Il hoche la tête.

— Je ne sais pas si je devrais te le dire, mais Ludivine m'a donné ton numéro quand on était encore au pub. Est-ce que je peux t'envoyer un SMS pour qu'on se revoie un soir ?

— Oh, désolée pour Ludivine, elle veut vraiment me caser, je crois, bredouillé-je, en me maudissant déjà d'avoir dit ça. Mais oui, je veux bien. Merci d'avoir demandé, c'est très galant de ta part.

— Toujours. Et est-ce que je peux t'embrasser avant de partir ?

Là, je sais plus quoi dire. Dans ma tête, je crois qu'il y a une alarme qui se déclenche en mode « alerte générale » parce que ça doit faire un an et demi que je n'ai embrassé personne et que j'ai presque oublié ce que ça fait. Mais je ne sais pas pourquoi ou comment, c'est peut-être Ludivine qui prend soudain possession de mon corps, parce que je m'entends répondre :

— Oui.

Lucas se penche vers moi et dépose un léger baiser sur mes lèvres. C'est un peu étrange, peut-être qu'il a senti ma nervosité, mais j'apprécie sa retenue et pousse un soupir de soulagement.

— Bonne nuit, Amy, j'espère qu'on se reverra très vite.

— Bonne nuit, j'espère aussi.

Je cherche toujours à savoir pourquoi je réponds bêtement comme ça. Je reste plantée devant lui un instant de trop avant de me reprendre et de me diriger vers la porte qui s'ouvre dans un *clac* bruyant au contact de la clé magnétique. Quand je me retourne, Lucas est encore là. Je lui fais un petit signe de la main et je cours me cacher dans l'appartement. Quelle première journée !

Chapitre 2

Les jours passent et je commence à croiser de plus en plus d'habitués dans la marina. Et, comme tous les matins, j'ai retrouvé ma bande de copines à la piscine. Malheureusement, l'ambiance est loin d'être au beau fixe. Tout le monde se fait la gueule, alors j'attends que l'orage passe en me plongeant dans un bouquin, mais il ne passe pas. Le souci, c'est que Marie n'a plus dit un mot depuis que Ludivine lui a reproché de faire toujours une tête d'enterrement le matin (ce qui est en partie vrai). J'essaie d'ignorer leur mauvaise humeur, mais entre les soupirs de l'une et les regards noirs de l'autre, je ne sais plus vraiment où me mettre. Je décide de poser ma liseuse et d'aller nourrir mes animaux dans mon app *Ma Vie de Fermière*, sans prêter attention à ce qui se passe autour de moi. Je remarque bien les tentatives de Coralie pour détendre l'atmosphère, mais j'avoue que je ne participe plus à son effort.

J'avais un peu oublié cet aspect des vacances, les chamailleries stériles qui éclatent de temps en temps et qui nous pourrissent souvent la journée. Tout avait pourtant bien commencé, les filles étaient contentes de mon dernier rendez-vous avec Lucas. Je leur ai raconté en détail la soirée de la veille, quand il m'a emmené dans un petit resto du vieil Antibes, pas loin des remparts. Il s'est montré absolument charmant et j'ai passé un bon moment, tout en me demandant encore ce que lui me trouvait, mais ça, c'est un autre sujet. Ce n'était pas notre premier rendez-vous, mais je commence à me faire à sa présence et au fait de sortir avec lui, peut-être… À vrai dire, j'ai toujours du mal à me lancer dans ce genre de relation, puisque je mets du temps à accepter l'idée d'être proche de quelqu'un. Et même si ce n'est que pour les vacances, je garde une certaine retenue.

En fait, je sais que ça va plus loin que cette idée de vacances. Mon souci, c'est que je n'ai jamais vu l'intérêt de sortir avec quelqu'un que je n'aimais pas. Je sais que ça paraît aberrant et tout le monde me dirait sans doute qu'il faut laisser une chance à la relation de s'établir avant de parler d'amour, mais ce n'est pas comme ça que je vois les choses. Et d'ailleurs, j'ai sans doute tort puisque je n'ai jamais retrouvé l'amour de cette manière…

Le problème c'est moi. C'est bien moi qui suis seule alors que mes copines de plage, ou celles de la fac, et même mes collègues, sont soit casées, soit ne restent jamais célibataires longtemps. Les autres ont l'air de très bien se faire à ces rendez-vous ou aux rencontres rapides en ligne. On me dit souvent que j'ai une vision trop romancée de l'amour, comme si c'était un défaut, ce qui m'agace profondément. Au moins, ma bande de copines des marinas ne me fait pas ce genre de commentaires ; elles savent pourquoi je suis comme ça, mais ça ne change rien à mes problèmes de solitude. Depuis combien de temps est-ce que je ne suis pas sortie avec quelqu'un ? Ma dernière relation sérieuse date de la fac, et avant ça… Bref, je ne préfère même pas y penser.

J'essaie de me reconcentrer sur mon jeu de fermière, mais au moment de reprendre mon portable, je croise le regard de

Marie et je comprends sans qu'elle ne le dise qu'elle veut me parler.

— Je pense que je vais aller me baigner un peu, dis-je. Quelqu'un m'accompagne ?

— Pas moi, répond tout de suite Ludi qui reste bloquée sur son conflit.

— Je viens de mettre de l'huile bronzante, lance Coralie. Désolée !

Sarah me fait signe qu'elle préfère continuer à lire.

— Je vais venir, dit Marie en se relevant.

J'acquiesce et je pars en premier vers la piscine, une sorte d'immense ovale avec un petit pont qui mène à un îlot en plein milieu. Je rentre dans l'eau fraîche et je frissonne malgré la chaleur de cette journée de juillet.

— Alors ? commence Marie dans mon dos. Tu en penses quoi de ton Lucas ? J'espère que tu ne sors pas avec lui juste pour que Ludivine te foute la paix.

Je ne peux pas m'empêcher de rire, parce qu'au début c'était en partie le cas.

— Il est gentil, et je crois que ça me fait du bien de voir quelqu'un.

Elle se plante en face de moi. Marie, toute fragile, avec sa petite taille et sa silhouette ultra fine, me lance un regard pénétrant. Même si elle et moi on a presque le même âge, on la considère toutes comme notre petite sœur, sans doute parce qu'elle fait très jeune, et qu'elle est la seule à ne pas encore travailler.

— Gentil ? répète-t-elle. C'est tout ?

Je hausse les épaules. Je ne sais pas quoi répondre. Lucas est très attirant, c'est sûr, mais ça ne me suffit pas. Si je le connaissais mieux, je le verrais probablement différemment. Pour le moment, c'est juste un gars sympa.

— Je vais continuer les rendez-vous et lui laisser une chance.

— L'idée n'a pas l'air de t'emballer, commente-t-elle.

— Ce n'est pas contre lui. J'ai du mal à m'emballer depuis… tu sais bien, dis-je en baissant le ton.

Elle hoche la tête avec un sourire compatissant.

— Ça fait longtemps maintenant.

— Oui, n'en parlons pas, ce n'est pas la peine. Et toi ? Qu'est-ce qui se passe en ce moment ? Des soucis ?

Marie fait quelques pas dans l'eau avant de me répondre.

— On peut dire ça. Je me rends compte que je n'ai peut-être pas fait le bon choix avec ma licence et je n'ai plus le temps de repartir à zéro. Mes parents vont me tuer.

Je me rapproche d'elle. Ici, le bassin est plus profond, et Marie doit à peine toucher le fond sur la pointe des pieds.

— La psychologie, ça ne te plaît vraiment pas ?

— Si, c'est sympa. Mais c'est un peu comme ton Lucas, je crois. Ça ne m'emballe pas plus que ça.

— Et tu as passé deux ans dessus, donc j'imagine que tu sais de quoi tu parles.

— Oui, me répond-elle en souriant. Alors maintenant, j'ai le choix entre continuer quand même ou me retourner vers mes deux premières licences. Je ne sais pas. Il faut que je me décide vite. Mais ne t'en fais pas pour moi, ça va aller.

Sa situation me peine. Je n'ai peut-être pas de chance en amour, mais j'ai au moins trouvé ma voie en devenant institutrice. J'aimerais que Marie y arrive aussi.

Une quinzaine de minutes plus tard, on regagne toutes les deux nos transats. L'eau fraîche m'a fait du bien, il fait déjà très chaud alors qu'il n'est même pas onze heures.

— Amy, ton portable n'arrête pas de vibrer ! s'exclame Coralie en se retournant vers moi. J'ai jeté un coup d'œil, c'est Lucas !

Je soupire sans me formaliser plus que ça, connaissant Coralie, et je me sèche rapidement avant d'attraper le téléphone dans mon sac de plage.

Comment ça va ce matin ? Ça te dit de prendre un verre ce soir ? Je peux passer te chercher à 20 h 30 si tu veux, ou plus tard... Dis-moi ce que tu préfères. Bisous.

— Alors ? reprend la jolie blonde.

— Il veut juste m'inviter à sortir ce soir.

— Oh, c'est que ça ! C'est juste le plus beau gars de tout le port qui t'invite, ironise Ludivine. Tu vas y aller ?

— Oui, pourquoi pas ?

— Et s'il t'invite chez lui après ? continue Coralie.

— Tu ne vas pas un peu vite ?

— Tu n'as plus seize ans, rétorque Ludivine. Je pense qu'il peut s'attendre à ce que tu acceptes de passer la nuit chez lui. Et je ne vois pas de mal à ça.

— Ok, ok, peut-être, mais je n'y ai pas pensé, me renfrogné-je. Laissez-moi lui répondre pour ce soir déjà.

Comme si l'ambiance n'était déjà pas assez tendue ! Je me rallonge et prends quelques instants pour composer un message pas trop niais ni trop sec ; un équilibre difficile à trouver. Quand c'est envoyé, je fais mine de reprendre mon bouquin, mais intérieurement, je ne peux pas m'empêcher de me demander si je ne suis pas en train de faire une connerie avec cette histoire.

Vers dix-sept heures, je décide d'écourter cette journée piscine entre copines qui tirent la gueule pour rentrer à l'appart.

J'ai une excuse toute trouvée : je dois me faire belle pour mon rendez-vous, même si en vérité, je vais m'écrouler sur mon lit en regardant une série jusqu'à une demi-heure avant l'heure du fameux rendez-vous. Comme l'ambiance est toujours glaciale, les filles décident de toutes rentrer en même temps que moi. Ça ira mieux demain…

Il y a du monde sur le port, on doit ralentir pour laisser passer les familles qui traînent de grosses bouées en forme de cygne ou de licorne. Marie nous quitte en premier pour rejoindre son bâtiment, et Coralie nous laisse quelques instants après pour s'arrêter au supermarché du coin. Soudain, de l'autre côté de la rue, mon regard se pose sur le visage d'un homme et je reste bloquée. Je ne sais pas ce qui me frappe chez lui, est-ce sa silhouette élancée ? Son allure décontractée ? Ses lunettes de soleil ? Je n'en ai aucune idée, mais je sens quelque chose se figer dans ma poitrine. Pourtant je continue à avancer, complètement perdue. Au bout de quelques secondes, je parviens à marmonner un :

— Je crois que j'ai oublié mes clés sous le transat. Je file les chercher, on se revoit demain.

Je n'attends pas de savoir si Ludivine et Sarah m'ont entendue ou comprise. J'opère immédiatement un demi-tour et je pars presque au pas de course dans l'autre direction. Je traverse la rue en attendant qu'une voiture passe et commence à sonder le trottoir. Où est-il ? Où a-t-il pu aller ? Il marchait là il y a moins de deux minutes ! Je regarde à l'intérieur des restaurants qui longent la rue, mais il n'est pas là. Il n'est pas dans la librairie, il n'est pas entré chez le coiffeur, mais alors où est-ce qu'il est ? L'aurais-je halluciné ? Je ralentis mon pas. C'est de la folie. J'ai dû rêver. Ma vue se brouille, j'ai les larmes aux yeux. Je me sens petite et ridicule. Thomas n'est pas revenu ici depuis huit ans. Il n'a jamais répondu à mes appels ou à mes SMS depuis qu'il a rompu par texto avec moi en novembre de mon année de première. Il a même changé de numéro, d'adresse email, de compte Facebook. Thomas a complètement disparu de ma vie et je m'en veux de me mettre encore dans un état pareil parce que j'ai cru voir son fantôme. Je retiens un sanglot et rentre le cœur lourd à l'appartement.

Chapitre 3

Je crois que j'ai pleuré pendant quasiment deux heures, et quand je finis par attraper mon portable posé sur la table de chevet, il est presque dix-neuf heures trente. Il faut que je me reprenne, je n'arrive pas à croire que j'en sois encore là : à pleurer pour un gars qui m'a laissée tomber il y a huit ans… Je me relève et me dirige d'un pas lent vers la salle de bain où je prends une longue douche. En ressortant, j'ai l'impression d'avoir un peu plus les idées en place. Merde, il est déjà vingt heures et Lucas ne va pas tarder à venir me chercher ! J'enfile en vitesse une robe noire, toute simple, me remaquille vite fait, me coiffe avec une crème « effet plage » (ça tombe bien, il y croira peut-être) et cours attraper mes chaussures dans l'entrée. Je vérifie que j'ai bien mon portable, un peu d'argent, j'embrasse mes parents qui sont devant la télé et je descends. Juste quand je passe le portail de la résidence, je reçois un SMS de Lucas. Il est là, dans la rue, à quelques mètres de moi. Je prends une profonde inspiration ; je dois oublier ce que j'ai cru voir cet après-midi, Lucas est réel, lui. Il est non seulement réel, mais surtout parfait pour moi. Je prends une grande inspiration, et lui fais signe.

— Bonsoir, jolie Amy, me dit-il en déposant un baiser sur mes lèvres. Tu sors de la douche ?

Re-merde, l'effet « plage » ne l'a pas trompé et je rougis déjà bêtement.

— Désolé, sourit-il. C'est juste que tu sens le gel douche vanille. Tu es très belle.

— Merci, dis-je, en me retenant d'ajouter un de mes commentaires idiots.

— Ça te dit d'aller manger un burger et de boire un verre ? Je sais que c'est moins sympa que le petit resto typique du vieil Antibes, mais j'ai super faim ce soir.

Je ne peux pas m'empêcher d'éclater de rire. Je me sens limite comme une lycéenne à son premier rendez-vous, j'ai honte.

— Allons-y, lui dis-je.

Il me prend par la main et me guide à travers le port. On marche tout au bout, jusqu'à le quitter presque. Le resto où il m'emmène est un peu à l'écart, mais il est bondé quand on y arrive enfin. Heureusement pour nous, le serveur nous trouve une petite place sur la terrasse et nous amène rapidement nos boissons : une bière pour Lucas et un mojito pour moi.

— Comment se passe ce début de vacances, Amy ?

— Bien, même si mes copines se font un peu la gueule. Enfin, ça ne devrait pas durer.

— Rien de grave ?

Je secoue la tête.

— Ça leur arrive souvent. J'imagine que c'est le côté chiant d'avoir beaucoup de caractères forts dans notre petit groupe.

— Et tu en fais partie ?

— Moi ?

Je m'étouffe presque. Ça devient une habitude avec le mojito. Il acquiesce.

— Non, moi je suis plutôt réservée. Enfin, je ne cherche pas l'attention et je préfère éviter les disputes, tu vois ? Je suis bien dans mon coin.

— Tu as peur de déranger ?

Là, il me pose une colle. Je ne sais pas. Il est vrai que je n'ai pas toujours été comme ça. J'étais même assez différente avant… Mais depuis un moment maintenant, je me suis renfermée. Ma vie, c'est juste mon boulot, les bouquins, les animés et ma musique que personne ne connaît ; ça me suffit.

— Je crois que je ne vois plus vraiment l'intérêt de défendre mes idées.

Il me lance un drôle de regard.

— C'est plutôt dur ce que tu dis.

Je me rends soudain compte que je dois suivre sans le vouloir le manuel du pire rendez-vous de l'année. Mais qu'est-ce que je suis en train de lui raconter ? Il va me prendre pour une pauvre fille dépressive, il faut que je la boucle, et vite.

— Ne t'en fais pas pour moi, je vais bien ! dis-je précipitamment. C'est juste...

Le serveur revient et interrompt ce qui s'annonçait comme la conversation la plus mal engagée de toute ma vie. Merci à lui ! Lucas commande un « Big Joe », un burger pour les ogres, avec deux steaks de 250 g, et moi un cheeseburger avec un second mojito et quelques frites. Quand le serveur s'éloigne, je parviens subtilement à changer de sujet en posant quelques questions à Lucas. Ouf, la catastrophe a été évitée de justesse.

Ce soir, j'ai l'impression d'apprendre à vraiment le connaître, et j'avoue que je commence à changer d'avis sur lui, ou plutôt, sur ce que je ressens pour lui. Il a quelque chose de particulier dans le regard, quelque chose que je n'arrive pas à définir, mais qui me touche. Et puis, il est quand même à tomber par terre.

La soirée s'étire, enveloppée de la musique de plus en plus forte du resto, au rythme des verres, et dans des discussions toujours plus vives et naturelles entre nous. Au bout d'un moment, vers minuit je crois, Lucas se lève pour aller payer (en ayant refusé de me laisser partager l'addition). Quand il revient, il dépose sa veste sur mes épaules et me reprend la main. Ce n'est qu'avec son geste que je réalise qu'il fait frais le long du port et je me rapproche timidement de lui.

— J'ai passé une très bonne soirée, dit-il alors qu'on marche tranquillement vers le bâtiment de mes parents.

— Moi aussi. Ça faisait longtemps que je ne m'étais pas autant amusée pendant un rendez-vous ; des années, je crois.

— À ce point ? s'exclame-t-il.

Là, je me rends compte que j'ai sans doute redit une connerie. Je repars sur le chemin de la pauvre fille pathétique…

— Tu n'as pas dû tomber sur les bonnes personnes, reprend-il. J'ai eu un paquet de mauvaises rencontres moi aussi.

— Je ne sais pas. Des fois je me dis que c'est plutôt moi le souci, tu vois ?

Mais qu'est-ce que je fais ? Pourquoi je continue à m'enfoncer comme ça ?

— Tu vas sans doute te dire que je suis mal placé pour te dire ça, puisqu'on se connaît que depuis dix jours, mais je suis sûr que ce n'est pas le cas.

Je lui souris et bredouille un truc qui ressemble à un *merci* super gêné. De toute façon, on est arrivé devant les grilles, c'est le moment pour moi de rentrer. Lucas me rapproche alors de lui et me serre dans ses bras. C'est la première fois qu'on est aussi près l'un de l'autre, mes mains s'agrippent à son dos où je devine un corps musclé.

— Amy… dit-il contre mon oreille. Tu es sûre de vouloir rentrer chez toi ?

Mon cerveau vient de passer à un niveau d'alerte supérieur. Mince, je ne sais pas quoi dire ! La seule chose qui me vient en tête c'est que Ludivine avait raison ! Mais je ne peux pas aller chez lui ; impossible. Je ne suis pas prête à ça, et en même temps je ne veux pas le repousser. Merde, merde, merde !

— Amy ? répète-t-il en s'écartant de moi.

Je pense qu'il a deviné en un coup d'œil que je n'allais pas le suivre. Je me sens super mal et baisse les yeux.

— Tu dois être fatiguée, il est tard, je n'avais pas vu l'heure. Rentre et on se rappelle demain.

J'acquiesce et recule d'un pas. C'est pire que tout, maintenant il faut lui dire au revoir. Je refais un pas en avant cette fois et dépose un baiser rapide sur ses lèvres, presque sans réfléchir, avant de filer vers le bâtiment.

J'ai sérieusement l'impression d'avoir foutu en l'air une merveilleuse soirée. Mais je ne suis pas prête, c'est tout. Le souci, c'est que je ne sais pas si je le serai un jour.

Chapitre 4

Deux jours après, le sourire n'est toujours pas revenu dans notre petit groupe. Sarah passe de plus en plus de temps à la plage, soi-disant parce qu'elle préfère subitement la mer. Ludivine a l'air stressée et je n'arrive pas à la faire parler. Quant à Marie, elle reste préoccupée et distante. Il n'y a que Coralie qui demeure égale à elle-même, puisque je ne me sens pas tout à fait en forme non plus. Depuis notre dernier rendez-vous, les textos de Lucas se font plus rares et je me demande toujours si j'ai fait une bêtise en refusant son invitation comme je l'ai fait. Je ne regrette pas ma décision de ne pas être allée chez lui, mais plutôt ma façon de réagir quand il l'a proposé. J'ai l'impression de l'avoir rejeté sans le vouloir. J'aurais dû lui expliquer correctement ce qu'il se passait dans ma tête plutôt que de fixer le sol en rougissant…

Lucas me plaît. Il a toutes les qualités que je cherche chez un homme : il est intéressant, doux, il a de l'humour, et il a l'air tout à fait équilibré. Bon, dit comme ça, j'avoue que j'ai l'impression de décrire quelqu'un d'un peu ennuyeux. Mais même physiquement, il me plaît, enfin il plairait à n'importe qui, je crois. Alors, quel est le problème ? Pourquoi est-ce que je reste si fermée à l'idée de passer la nuit chez lui ? Je sens une grosse boule se former dans ma gorge et mes yeux s'embuer de larmes. Je ne vais quand même pas me mettre à chialer en public maintenant ? Je me force à prendre une grande inspiration, en espérant qu'aucune des filles ne remarque ce qui est en train de m'arriver. Je crois qu'il vaut mieux que j'aille faire un tour.

Prétextant une subite envie de nager dans la mer, je rejoins la plage pour me changer les idées et me retrouver un peu toute seule. Une dizaine de minutes plus tard, j'arrive au bord de l'eau, sur une plage un peu éloignée du port. Je repère un endroit où les galets sont plus plats et étends ma serviette, puis retire ma robe et entre dans l'eau, plus froide de plusieurs degrés que celle de la piscine. Je reste un moment-là, à flotter sur les vaguelettes et à regarder le ciel bleu au-dessus de ma tête.

Quand je ressors, je me pose sur ma serviette pour me laisser sécher par le soleil et je reprends mon livre.

— Je l'ai lu celui-là, dit soudain une voix dans mon dos.

Je me retourne vers Sarah qui se tient debout juste derrière moi, vêtue de son joli maillot de bain noir à pois blancs et de son grand chapeau noir sur la tête, qui va parfaitement avec ses longs cheveux bruns.

— Ça fait du bien un peu de calme, hein ? me dit-elle. Tu m'as donné envie de venir ici, j'espère que je ne te dérange pas.

Je secoue la tête, sans savoir quoi lui répondre. De toutes les filles de notre groupe, Sarah est celle que je connais la moins bien, parce que contrairement aux autres, elle n'était pas ici tous les étés. Apparemment, elle venait souvent quand elle était plus jeune, à une époque où je ne parlais ni à Ludi ni aux autres. Et quand je suis devenue amie avec les autres, Sarah n'était avec nous qu'un été sur trois. Bref, même si Ludivine a du caractère, c'est Sarah m'a toujours un peu impressionnée, sans doute parce qu'elle semble très sûre d'elle, mais ne parle pas beaucoup. Elle est difficile à sonder et je me suis toujours demandé ce qu'elle pensait de moi, sans oser aborder le sujet.

— Alors, je peux rester avec toi ? me demande-t-elle.

— Oui, pas de souci. Mais j'espère que les autres ne vont pas croire qu'on essaie de les éviter.

— Ce n'est pas le cas ? réplique-t-elle.

J'ai à peine le temps de réagir qu'elle reprend :

— Ne t'en fais pas, je plaisantais.

Et sans rien ajouter d'autre, elle s'installe à côté de moi et sort à son tour un bouquin de son sac.

Moi, je finis par m'endormir. Quand je rouvre les yeux, je remarque que Sarah s'est rhabillée et replie tranquillement sa serviette.

— Ça te dit de venir boire un café ou quelque chose ? me lance-t-elle en voyant que je suis réveillée. Ça fait longtemps qu'on n'a pas discuté toutes les deux.

— Avec plaisir.

J'ai répondu ça sincèrement, mais j'avoue que je suis aussi un peu intriguée par cette demande qui me semble sortir de nulle part. Je range mes affaires et la suis jusqu'à un petit café du port. Dès qu'on s'installe à table, elle sort son téléphone et envoie quelques messages à un destinataire inconnu.

— Tout va bien ?

— Oui, ce n'est rien. Juste des trucs de boulot, me répond-elle en relevant à peine les yeux vers moi.

On commande nos boissons, un thé Earl Grey pour moi et un expresso pour Sarah. On discute un long moment, principalement de nos histoires de boulot et de pourquoi on finit toujours par revenir passer l'été ici. Pour elle, c'est simplement pour fuir son quotidien, pour vivre une coupure franche avec sa vie en région parisienne et son travail plus que prenant, même si elle m'avoue qu'elle continue à travailler en moyenne quatre heures tous les soirs. Je me rends compte que j'apprécie vraiment sa compagnie. Sarah est sans jugement, elle est juste honnête et compréhensive. Le temps passe et je finis par remarquer qu'il est presque dix-huit heures, le café va fermer.

— On devrait faire ça plus souvent, soupire Sarah en se relevant.

— Oui, quand tu veux.

— Tu devrais passer chez moi, le matin, avant d'aller à la piscine. Juste prendre un café, on ne dira rien aux autres, conclut-elle avec un clin d'œil.

Je lui fais signe que oui et elle part de son côté après m'avoir saluée, puisque son appart est situé à l'opposé de celui de mes parents.

Autour de moi, la rue est bondée, c'est l'heure où tout le monde rentre se changer avant de ressortir manger ou boire un verre. Il faut moi aussi que je rentre et que j'envoie un texto à

Lucas pour lui expliquer pourquoi j'ai préféré refuser son invitation l'autre soir, même si ça ne veut pas dire que je ne veux plus le revoir. S'il ne comprend pas ça, c'est alors qu'il ne vaut pas la peine que je lui accorde de l'attention. Et s'il le comprend, je serai quand même un peu soulagée, ce doit être bon signe, non ?

Perdue dans mes pensées, je déambule sur le quai parmi les touristes, dont je fais partie, quand je prends conscience d'une présence à mes côtés. L'instant d'après, le choc que je ressens est comparable à un coup de poing dans le ventre. Pendant que je pensais à ce stupide texto à écrire, un homme ne m'avait pas lâchée des yeux, adossé contre un lampadaire que je venais de dépasser. Quand je me retourne cette fois, il est toujours là. C'est lui, même s'il a les cheveux courts, même s'ils sont bruns et non plus blonds, même s'il se cache derrière des verres teintés, je sais que c'est Thomas et je n'arrive pas à faire autre chose que de le dévisager.

— Comment tu vas, Amy ? me demande-t-il avec son léger accent anglais.

— Qu'est-ce que tu fais là ?

C'est la première question qui a franchi mes lèvres, le choc m'a fait oublier mes bonnes manières, et à cet instant précis, je n'en ai rien à faire.

— Je suis en vacances, répond-il.

Là, j'avoue que j'hésite entre me mettre à hurler, à pleurer ou à rire tant la situation est absurde. Mes joues se remettent à surchauffer, je tremble, mon cœur bat à mille à l'heure, et si je me laissais aller, je serais déjà en train de pleurer.

— On s'est croisé l'autre jour, non ? Et là, je t'ai vue arriver au loin alors je me suis dit que j'allais t'attendre pour te dire bonjour.

J'ai beau entendre ce qu'il est en train de dire, mon cerveau n'intègre pas les mots. J'ai l'impression qu'ils ne collent pas au contexte. Ce que j'attends, c'est qu'il s'explique. Pourquoi il est là ? Pourquoi il ne m'a jamais réécrit ? Pourquoi il a disparu pendant toutes ces années ? Est-ce qu'il m'a oubliée ? Pourquoi ?

— Tu restes combien de temps ?

J'ai eu du mal à articuler ma question.

— Une semaine ou deux, je ne sais pas encore. Faudra qu'on se fasse un resto un soir, si tes nouvelles copines ne te prennent pas tout ton temps.

Je ne rêve pas là, je reconnais l'ironie. Mes *nouvelles copines*, ces filles que je ne pouvais pas supporter à l'époque où il faisait encore partie de ma vie… Mais c'est grâce à elles si j'ai pu petit à petit remonter la pente, alors qu'il garde ses jugements pour lui !

— Tu veux mon numéro ?

Ma voix sonne faux. Il me tend tout de même son portable pour que je rentre mon contact.

— Bon, passe une bonne soirée. À bientôt Amy.

Je hoche la tête sans rien dire parce que j'en suis incapable. Je rentre à l'appartement en mode zombie. Je ne comprends plus rien et je ne suis même plus sûre de vouloir comprendre. Quand mes parents m'appellent à table, je leur mens et leur dis que j'ai déjà mangé un morceau dehors. Je me mets au lit, j'envoie un message à Lucas et je me laisse abrutir par une série que j'ai déjà vue quinze fois. Au moins, ça m'évitera de penser.

Chapitre 5

Je n'ai pas fermé l'œil de la nuit et ce matin quand je me regarde dans la glace de la salle de bain, j'ai d'énormes cernes que j'aurai du mal à cacher à qui que ce soit. Tom n'a pas quitté mes pensées un seul instant. J'ai eu le temps de rejouer dans ma tête cent fois la scène d'hier soir sans pour autant comprendre son attitude. Je m'en veux tellement de ne pas avoir su quoi lui dire ! Je suis juste restée bête, abasourdie, quand j'aurais pu exiger des explications. Je me demande ce qu'il a pensé de moi. J'étais beaucoup plus combative quand j'étais ado.

À l'époque, je n'avais pas peur de dire ce que je pensais, de me défendre ou de rester seule. Mais tout a changé le jour où il est parti. Enfin, non, ça ne s'est pas passé comme ça. Ça a plutôt été un lent déclin, une chute au ralenti qui m'a fait sombrer dans ce gouffre de doutes et de solitude. Je ne me suis pas vraiment vue tomber, j'ai d'abord cru pouvoir me remettre de son départ, parce que j'étais forte et que j'avais foi en moi. C'est seulement avec le temps que j'ai fini par comprendre à quel point son absence et le manque que je ressentais me faisaient toujours souffrir.

Parce que Tom n'était pas que mon premier petit copain, il était tout pour moi. On s'est rencontré, je ne sais même plus comment, à la piscine quand j'avais huit ans et lui neuf. On est tout de suite devenu ami, on aimait les mêmes choses : lire, jouer aux pirates, aller à la mer, et discuter de tout et de rien comme deux grands que l'on n'était pas. Tom est devenu mon meilleur ami, même si on ne se voyait que l'été. Dans ma tête, tout était clair : Tom était à la fois mon amoureux secret et le seul ami de ma vie. J'étais persuadée que jamais rien ne nous séparerait, c'était impossible. Et comment aurais-je pu imaginer ce qui allait se passer ? Après son départ, le dernier été, il a continué à m'appeler tous les jours et à m'envoyer des SMS comme tous les ans, si ce n'était plus, alors le jour où j'ai reçu ce message, tout s'est effondré. Je ne l'ai même pas compris au départ. J'ai cru à une mauvaise blague, je me suis dit que quelqu'un lui avait piqué son portable pour m'écrire ça. Je l'ai appelé et appelé encore et encore, mais il ne m'a jamais répondu. Tout ce que j'ai obtenu de lui comme réponse à mes appels désespérés, c'était un dernier SMS pour me dire qu'il préférait changer de numéros : le coup de grâce.

Rien que d'y repenser, je me mets à pleurer comme si c'était arrivé hier. Il faut que je fasse une pause, je ne peux pas continuer à remuer tout ça. Je file sous la douche en espérant que l'eau fraîche me redonne des couleurs, j'enfile mon maillot et une robe de plage, je me maquille un peu et rejoins mes parents pour le petit-déjeuner sur la terrasse. Je parviens à éviter les questions en prétextant avoir lu une bonne partie de la nuit et quitte l'appartement un faux sourire sur le visage. Alors que je suis en chemin pour la piscine, je reçois un SMS de Sarah : elle m'invite à prendre le café chez elle. J'accepte, ça me fera peut-être du bien de discuter avec elle avant d'affronter les autres.

Sarah habite dans le dernier bâtiment, celui qui fait face à la plage. Elle est au troisième étage, appartement 12, mais elle me retrouve en bas devant la grille pour m'ouvrir.

— Comment ça va ce matin ? me lance-t-elle.

Je sens son regard analyser le mien.

— Tu as besoin de parler ?

— Peut-être.

— Oula, je ne m'attendais pas à quelque chose d'aussi sérieux ! s'exclame-t-elle en m'entraînant vers l'ascenseur. Qu'est-ce qui a pu se passer entre notre café d'hier après-midi et ce matin ?

Je commence à bégayer une réponse, mais elle m'arrête d'une main.

— Tu me diras tout quand on sera bien installé !

Son appartement est semblable à celui de mes parents, si on retirait les vieux meubles de famille et qu'on y ajoutait une magnifique vue mer. Je sais qu'il appartient à ses parents, mais qu'eux ne viennent qu'au printemps et à l'automne, pour éviter la foule. La baie vitrée est grande ouverte et elle a servi le petit-déjeuner sur le balcon.

— Thé ou café ? me demande-t-elle.

— Un café, ça ira pour le matin, j'en ai bien besoin, je crois.

Sarah acquiesce et me tend une tasse avant de s'asseoir en face de moi.

— Bon alors, ça ne va pas ? Pourquoi tu tires cette tête ?

— Si je te le dis, tu me promets de ne rien dire aux autres pour le moment ? Je ne sais pas encore si je veux trop en parler.

Elle hoche la tête, et sous ses timides encouragements, je me mets à tout lui déballer, malgré mes larmes. Elle m'écoute presque sans rien dire tout le long, comme s'il lui fallait un moment pour analyser la situation. Quand je conclus enfin mon histoire, elle pousse un long soupir.

— S'il t'a demandé ton numéro, c'est qu'il va t'appeler.

— Mais pourquoi ? Pour continuer à faire comme si j'étais qu'une simple connaissance sans importance ?

— J'en doute. Je suis sûre que la prochaine fois que tu le verras, il va t'expliquer. Ce n'était peut-être juste pas une conversation qu'il voulait avoir avec toi en plein milieu de la rue, non ? Il devait être mal à l'aise, peut-être qu'il culpabilise, ou qu'il s'attendait à ce que tu le rejettes… Ça expliquerait cette attitude bizarre.

— J'espère, mais est-ce que je vais tenir le coup d'ici là ? Je n'en peux plus, depuis hier soir j'ai l'impression que ma poitrine va exploser. Je ne peux plus respirer, j'ai les larmes aux yeux en continu.

Sarah pose une main compatissante sur mon bras.

— Je comprends. Je n'étais pas là le premier été, quand tu es revenue ici après toute cette histoire, mais je vous ai vus ensemble avant. Je sais à quel point il comptait pour toi.

Je secoue la tête.

— Je n'ai jamais compris. Quand il m'a quittée, il venait de me dire qu'il pensait pouvoir venir faire ses études à Lyon. Il a juste disparu de ma vie du jour au lendemain sans me donner d'explications. Et maintenant, il revient ? Mais pourquoi ?

— Écoute, soit ce garçon est un sacré connard et tu n'auras rien à regretter, soit il va te donner des réponses. Dans tous les cas, ça te permettra d'avancer, tu ne crois pas ? Si tu obtiens des réponses, tu arriveras sans doute à passer à autre chose.

— J'avoue que je ne sais plus du tout quoi penser… Bien sûr que je veux comprendre, mais j'ai peur de ce qu'il pourrait me dire.

— Tu sais qu'on est là pour toi, dans tous les cas ? Je crois que tu devrais en parler aux autres. Elles savent ce que tu as traversé. N'oublie pas ça.

Je lui adresse un mince sourire et reste un moment avec elle, à boire mon café en silence. Quand on finit par rejoindre la piscine, les filles sont déjà installées au premier rang, au bord de l'eau. Elles ne remarquent pas tout de suite ma mine pâle et fatiguée, ce qui me permet de m'installer tranquillement et de sortir mon portable. Je ne suis pas tout à fait prête à les affronter, mais je sais que Sarah a raison. Il faut que je leur dise.

Une notification apparaît soudain sur l'écran, mais le numéro n'est pas inconnu, c'est Lucas.

Salut petit cœur, tu veux qu'on sorte ce soir ? Promis, je ne t'inviterai pas chez moi sans que tu me le demandes ;) Tiens-moi au courant, j'ai hâte de te voir. Bisous

Je ne préfère pas répondre tout de suite et repose mon portable. J'aurais tellement voulu que ce soit un message de Thomas… mais qu'est-ce que je fais ? Je ne peux pas tout envoyer balader parce que Tom décide de faire son retour dans ma vie ! Mais en même temps, je ne me sens pas capable de voir Lucas ce soir, pas tant que je ne saurai pas ce que Tom fait ici…

— Ça va Amy ? me demande Marie.

— Pas vraiment.

À ces mots, Ludivine se redresse et Coralie tourne la tête vers moi. Quant à Sarah, elle m'encourage d'un signe de la tête.

— Qu'est-ce qui se passe ? demande Coralie.

— Vous n'allez pas le croire… c'est Tom.

— Hein ? s'exclame déjà Ludi.

Coralie et Marie me dévisagent en attendant la suite.

— Je l'ai croisé avant-hier, le jour où je vous ai dit que j'avais oublié mes clés.

— Ah ! C'était ça ! lance Ludivine.

J'acquiesce.

— Je n'étais pas sûre que ce soit lui et je n'ai pas réussi à le retrouver, mais hier je l'ai vu pour de bon, on s'est parlé.

— Attends, m'interrompt Coralie. Il est ici et il est venu te parler ? Il t'a dit quoi ?

— Presque rien, il m'a juste demandé mon numéro et m'a dit qu'il aimerait qu'on se fasse un resto ou un truc comme ça.

— Non mais quel culot ! Et tu ne l'as pas envoyé chier ? reprend Ludivine.

— J'étais trop surprise pour ça.

— Je n'arrive pas à le croire, murmure Marie. Après toutes ces années, il ose revenir comme ça et s'attend à ce que tu le revoies ?

Si même Marie est contre lui, c'est mal parti.

— Mais je veux le revoir ! Pour comprendre.

— Comprendre quoi ? s'exclame Ludivine. Il n'y a rien à comprendre, Amy ! Il s'est comporté avec toi comme le dernier des enfoirés. Il t'a laissée tomber sans te donner d'explications alors que vous étiez toujours collés l'un à l'autre. Et tu connais mon avis sur ses raisons, il a dû se rendre compte qu'une relation longue distance ça ne répondait pas à ses attentes. Il s'est trouvé quelqu'un à Londres et il n'a pas eu les couilles de jouer franc-jeu avec toi. C'était plus facile de couper tout simplement les ponts.

— Mais pourquoi est-ce que ses parents ne sont jamais revenus ici ?

— Il a dû les convaincre de partir ailleurs, ou alors ils en ont eu marre tout seuls. Qu'est-ce que tu veux que ce soit d'autre ? On sait qu'ils sont vivants, on a mené notre petite enquête l'été d'après, tu te souviens ? Quand tu étais au trente-sixième dessous à cause de ce connard ?

Je préfère garder le silence parce que je suis à deux doigts de me remettre à pleurer.

— Attendez, je comprends que Amy ait besoin de le revoir. Elle veut des réponses, ça me paraît logique, réplique Sarah, qui n'avait rien dit jusqu'à présent.

— Sarah, je te rappelle que tu as raté une grosse partie de ce qu'il s'est passé il y a huit ans, répond immédiatement Ludivine. Tu ne sais pas dans quel état on a retrouvé Amy ! Non, ce type, c'est un salaud, ce n'est pas possible ! Et en plus, il se repointe ici, mais qu'est-ce qu'il cherche ? Il veut lui pourrir ses vacances, c'est tout !

Sarah semble laisser tomber. Je crois qu'elle n'a pas envie de se lancer dans une discussion stérile avec Ludivine, mais ça me touche qu'elle comprenne mon point de vue.

— J'avoue que Ludivine a raison, soupire Marie à mon plus grand étonnement. Il t'a fait beaucoup de mal, je ne suis pas sûre qu'il mérite une deuxième chance, même si c'est juste pour un resto.

Je me retourne vers Coralie en espérant trouver une alliée, mais elle secoue aussi la tête.

— Amy, tu viens juste de rencontrer un garçon ultra mignon, gentil et qui a l'air de t'apprécier. Tu ferais mieux de te concentrer sur lui plutôt que sur un fantôme du passé. Thomas et toi, vous avez rompu il y a huit ans maintenant.

— Vous avez sans doute raison.

J'abdique. Je crois que je n'ai aucun argument pour défendre le fait de le revoir.

— Oui, ça nous arrive souvent, soupire Ludivine qui se radoucit un peu. Je vais me baigner, ça m'a donné chaud tout ça. Tu viens ?

— Non, je vais lire, ça me changera peut-être les idées.

Marie suit Ludivine et Coralie et Sarah restent avec moi. Je vois bien que Sarah a envie de me dire quelque chose pour me remonter le moral, mais je fais semblant de me plonger dans mon bouquin pour éviter sa conversation. Je regrette presque de leur avoir parlé de Tom, je savais qu'elles me déconseilleraient de le revoir. Pourtant, leur combat est perdu d'avance, car quoi qu'elles me disent, il faut que je lui parle.

La journée passe sans que je reçoive la moindre nouvelle de Tom. Je décide d'accepter l'invitation de Lucas, sur un coup de tête, en le prévenant de mon état de fatigue avancé. Il m'emmène manger dans un petit restaurant indien du bout du port, très tôt dans la soirée. Il est toujours aussi adorable, il se fait même du souci pour moi et me conseille de me reposer. J'avoue que de me retrouver avec lui me fait du bien et me permet d'oublier pendant une heure ou deux le retour de Tom. Il n'est que vingt et une heures quand Lucas me raccompagne à la maison.

— Merci pour l'autre jour, commence-t-il. Quand j'ai compris pourquoi tu avais refusé de venir chez moi, ça m'a soulagé. Sur le coup, je me suis demandé si j'avais fait quelque chose qui t'avait blessée.

— Non, c'était juste…

— Ne t'en fais pas, c'est compris. Essaie de dormir cette nuit, je n'aime pas te voir fatiguée comme ça.

— Je vais faire de mon mieux.

— Bonne nuit.

Il ne va pas m'embrasser ce soir, pas après ce que je lui ai expliqué sur mes réticences à m'engager, alors je le retiens par la main et c'est moi qui fais le premier pas.

— Bonne nuit, et merci pour le resto.

Lucas me sourit et s'en va.

C'est le cœur plus léger que je regagne l'appartement. Les filles ont raison, je dois me détacher de Tom. J'ai enfin trouvé quelqu'un de sympa, d'honnête et de gentil et même si ce n'est pas le grand coup de foudre, je veux lui laisser une chance.

Je passe dans le salon souhaiter bonne nuit à mes parents et retrouve ma chambre. Après une bonne douche, j'enfile mon pyjama et m'installe sur mon lit quand j'entends mon portable vibrer sur la table de nuit. Je l'attrape machinalement, j'ai plusieurs messages. Le premier est de Lucas.

Merci pour cette belle soirée, j'espère qu'on se croisera demain. Bisous et dors bien.

Je lui réponds rapidement. Le second vient de Sarah qui s'inquiète pour moi.

Ça va, ma belle ? Tu peux m'appeler si tu as besoin de parler, ne reste pas toute seule à ruminer, d'accord ? xoxoxo

Je repose mon téléphone quand il se remet à vibrer. Je l'attrape, mais reste bouche bée en voyant un numéro inconnu s'afficher sur l'écran. C'est Tom, j'en suis sûre. D'une main tremblante, j'ouvre son texto.

Si tu es dispo, retrouve-moi à la plage. Tom

Mon cœur bat à cent mille à l'heure. Je n'ose même pas détacher les yeux des mots affichés sur l'écran parce que j'ai peur de les voir disparaître. Il n'est pas si tard. Je me relève, enfile une robe et cours chercher mes sandales. Tant pis pour mes cheveux encore humides de la douche et pour ma peau nue, je ressors.

J'arrive.

Chapitre 6

J'essaie de me calmer en marchant. La plage n'est qu'à une dizaine de minutes de l'appartement de mes parents, mais le temps me paraît s'étirer indéfiniment. Et il y a du monde dans la rue, ce qui me force à ralentir. Quand enfin j'arrive en vue de la mer, je cherche Tom des yeux, et il est bien là, assis sur les rochers à une cinquantaine de mètres. J'avance vers lui sans savoir ce que je vais lui dire. Des dizaines de questions se bousculent dans ma tête. J'entends encore le discours de Ludivine et je sais qu'elle a raison. Tom m'a trahie, il m'a abandonnée, ce qu'il m'a fait est impardonnable. Alors pourquoi je suis là ? Pour avoir des réponses, c'est ça que je dois lui exiger, je veux comprendre pour le laisser enfin partir et reprendre le cours de ma vie.

Il m'a vu arriver de loin et s'est relevé. Les derniers mètres qui nous séparent me semblent infranchissables. Quand, enfin, je me plante en face de lui, Tom braque son regard dans le mien. J'ai l'impression d'avoir une autre personne devant les yeux. Le Thomas que je connaissais n'avait ni la même allure, ni les mêmes cheveux, et encore moins le même regard. Le pire dans tout ça c'est que je suis sûre qu'il partage mon impression et qu'il me trouve aussi bien changée. Je ne suis plus qu'une pâle copie de celle que j'étais avant, j'ai pris quelques kilos, et j'ai perdu de mes couleurs.

— Je me demandais si tu allais venir, lâche-t-il.

Sa voix résonne en moi. Je crois que c'est grâce à elle que je fais le lien entre la personne qu'il est devenu et le Tom de mes souvenirs. C'est bien lui, le même timbre, le même accent, et son effet sur moi demeure le même. Je dois faire un effort surhumain pour lui masquer la tempête d'émotions dans laquelle il me plonge.

— Tu n'as pas eu mon SMS ?

— Si, répond-il. Mais je me demandais quand même.

Je ne baisse pas les yeux, même si intérieurement je suis terrifiée à l'idée de ce qu'il pourrait me dire. J'ai peur de ne pas arriver à me contrôler quand il m'avouera les raisons de sa disparation…

— Pas de resto, finalement, dis-je sans masquer une certaine ironie.

— Non, quand j'ai vu ta réaction hier, je me suis dit que ce n'était sans doute pas une bonne idée, continue-t-il.

Mon cœur se serre quand je comprends qu'il a remarqué à quel point je me suis sentie mal en le revoyant. Il faut que je me reprenne. Mais ce Tom, si différent de celui que je connaissais, m'impressionne. Il est si… froid, si détaché… Pourtant, je me raccroche à ce que Sarah m'a dit : s'il a demandé à me revoir, à me parler, c'est bien pour quelque chose !

— Je ne vois pas de quoi tu parles.

— Comment tu vas ? demande-t-il en ignorant mon commentaire.

— Tu m'as fait venir pour savoir comment je vais ?

Une colère sourde commence à monter en moi. J'ai envie de me jeter sur lui, alors qu'il se tient devant moi avec cette attitude désinvolte de merde, pour lui extirper enfin la vérité.

Il hoche la tête, et ajoute :

— Plus ou moins. Pour savoir ce que tu deviens.

— Qu'est-ce que tu fais ici, Tom ? Dis-moi pourquoi tu es revenu. J'ai besoin de savoir.

Je suis déjà sur le point d'exploser. Je ne sais pas si je vais parvenir à me contenir encore longtemps.

— Je suis en vacances. J'étais là aussi l'an dernier. Tu ne m'as jamais remarqué.

— Pardon ?

— Tu ne m'as pas reconnu, je pense. Et tu étais avec tes copines, j'ai préféré te laisser tranquille. J'aurais fait la même chose cette année, mais cette fois tu m'as reconnu.

— Je n'arrive pas à le croire. Mais qu'est-ce que je t'ai fait pour que tu te comportes comme ça avec moi ? Tu étais là et tu n'es pas venu me voir ? Tu t'es caché et tu comptais continuer à le faire encore cet été ? Mais pourquoi ?

— Je ne me suis pas caché, répond-il. Mais je ne pensais pas avoir le droit de ressurgir comme ça dans ta vie.

— Alors pourquoi tu es ici ?

— Par nostalgie, et je ne pensais pas que tu passais toujours tous tes étés sur la côte.

— Donc tu n'es pas revenu pour moi.

Merde, je n'aurais pas dû dire ça à voix haute. Quelle abrutie !

— Non.

— Évidemment.

J'enrage intérieurement. Je viens de me rendre compte que c'était la réponse que j'attendais, ce qui veut dire qu'au fond de moi, j'espérais juste qu'il me supplie de le pardonner et qu'il me revienne.

— Non, c'est moi. Je n'ai pas été clair en te demandant de venir ce soir.

Je prends une profonde inspiration en essayant de mettre de côté tout ce qu'il vient de me dire. Je suis là pour avoir des réponses, bordel !

— Dis-moi pourquoi tu m'as quittée, Tom. Est-ce que c'était pour une autre fille ? Tu as rencontré quelqu'un en terminale, c'est ça ?

Il secoue la tête.

— Tu es encore là-dessus ? Je te l'ai dit. J'ai rompu parce que je ne voulais plus sortir avec toi.

— Mais pourquoi tu ne voulais plus ? Qu'est-ce que je t'ai fait ? Tout allait bien, non ?

Je suis tout à fait consciente que je suis en train de passer pour une hystérique avec mes questions, mais j'ai besoin de savoir, quoi qu'il m'en coûte. Je dois savoir.

Tom me lance un regard difficile à interpréter.

— Tu veux vraiment reparler de ça ?

— Réponds juste à mes questions, c'est tout ce que je te demande.

— Si tu y tiens... Tout allait bien et tu ne m'as rien fait. J'ai juste compris que notre relation ne fonctionnerait pas, c'est tout.

— Et tu étais obligé de disparaître, comme ça ? Tu ne pouvais pas rester dans ma vie, même de loin ?

— Non, ça aurait été trop difficile.

— Ça n'aurait pas été pire que ce que j'ai vécu, crois-moi !

— Ça aurait été pire pour moi, et j'en suis sûr pour toi aussi en fin de compte.

Je le regarde sans comprendre. Il se fout de ma gueule, il ne m'a rien expliqué du tout. Il *s'est rendu compte que ça ne fonctionnerait pas* ? Ça ne veut rien dire et dans notre cas, ça n'a aucun sens ! On ne peut pas, au bout de tant d'années, effacer une personne de sa vie sans raison. Ou alors… ou alors, ça voudrait dire que j'ai tout inventé et que rien n'était réel entre nous. Mais je refuse d'y croire.

— Qu'est-ce qui t'a fait réaliser que ça ne marcherait pas ? La distance ? Tu voulais faire tes études à Lyon, non ?

— C'est vieux tout ça, Amy. On était jeune, on ne vivait pas dans la réalité. Étudier à Lyon, je n'y ai jamais vraiment cru. C'était juste un délire entre nous.

Je suis à deux doigts de me mettre à pleurer. Ce qu'il me dit est horrible, il est en train de me détruire une seconde fois.

— Est-ce que tu regrettes ?

— Aucune importance, c'est du passé maintenant. On ne peut pas retourner en arrière.

Là-dessus, il a raison.

— Tu as tellement changé. Avant, tu ne m'aurais jamais parlé comme ça. Mais tu dois avoir raison, je vivais dans une réalité alternative, en fait. Je ne t'ai jamais vraiment connu.

— Toi aussi tu as changé, Amy. C'est normal, ça fait longtemps. Ce n'était peut-être pas une bonne idée de se retrouver ce soir.

Cette déclaration me brise un peu plus le cœur. Une larme roule sur ma joue.

— Ne pleure pas. C'est la vie, c'est tout.

— Oui. Sans doute. Bonne nuit, Tom. Et bonnes vacances. Tu n'as plus besoin de te cacher maintenant, je ne te courrai plus après si je te croise dans la rue.

Pendant un instant, j'ai l'impression qu'il va me retenir, mais il ne fait rien et je repars toute seule vers le port. Je me sens atrocement vide, comme si je venais de le perdre à nouveau.

Dès que je retrouve ma chambre, je me mets au lit et supplie ma tête de bien vouloir me laisser dormir.

Quand j'émerge le lendemain matin, mon portable m'indique qu'il n'est pas loin de dix-heures et pourtant je suis toujours épuisée. J'envoie un texto aux filles pour leur dire que je ne viendrai pas à la piscine aujourd'hui et me rallonge. Je n'ai pas le courage de sortir de cette chambre, j'ai même carrément envie de faire mes valises et de repartir chez moi. Des bribes de la conversation de la veille avec Tom me reviennent en mémoire. Je n'arrive pas à croire qu'il m'ait dit toutes ces choses. Est-ce qu'il a vraiment pu autant changer ? Sans doute que oui, mais c'est trop difficile à accepter. Le Tom d'avant aurait tout fait pour m'épargner, il était toujours là pour moi… Mais c'est de ma faute. Il faut que j'arrête de m'accrocher à cette image de lui. Si l'ancien Tom m'a laissé tomber, c'est qu'il n'était pas si parfait que ça. J'étais aveuglée par mes sentiments pour lui, voilà tout.

Je traîne au lit. Je prends le temps d'envoyer un message à Sarah qui me demande des nouvelles, mais je reste brève, je n'ai aucune envie de raconter ce qu'il s'est passé hier soir.

Au bout d'un moment, je finis par me lever, encore en pyjama pour aller chercher quelque chose à manger dans la cuisine. Mes parents sont à table, il est midi passé, je les remercie mentalement de m'avoir laissée tranquille jusque-là. Mais j'ai peut-être parlé trop vite, puisque ma mère me fait signe depuis le salon.

— Amy, tu peux venir un instant ?

J'obtempère en essayant d'adopter un visage plus ou moins serein. Pourtant, leur expression m'inquiète un peu.

— Ça va tous les deux ?

— Oui, mais écoute. Ce matin à la boulangerie on m'a dit que tu sortais avec un jeune homme de la capitainerie. C'est vrai ?

— Euh… bah oui. On s'est vu quelques fois.

Je sens la tension monter d'un cran dans la pièce. Même mon père semble sur le point d'exploser et je ne comprends pas du tout ce qu'il est en train de se passer. Ils ne se mêlent jamais de ma vie amoureuse, ou alors c'est pour se plaindre que je ne sors pas assez.

— C'est quoi le problème ?

— Il faut que tu arrêtes de le voir tout de suite, s'affole ma mère.

— Hein ? Mais pourquoi ?

— On a eu des problèmes avec lui, lâche mon père. Ce n'est pas quelqu'un de bien, je ne veux plus qu'il s'approche de toi.

— Attendez un peu. Je crois qu'il va falloir vous calmer avec Lucas. Je ne sais pas ce qu'il vous a fait, mais c'est quelqu'un de vraiment adorable.

— C'est ce qu'il te fait croire ! assène mon père. Ne va plus le voir, ne lui réponds plus. Entendu ?

— Dites-moi ce qu'il vous a fait et je verrai ce que j'en pense. Sans ça, ce n'est pas la peine, je ne compte pas arrêter de voir quelqu'un que j'apprécie beaucoup pour du vent. Si vous pensez qu'il est dangereux ou autre, expliquez-moi, c'est tout. Ou alors je peux carrément lui demander…

— Hors de question ! s'écrie alors mon père. Ne lui parle surtout pas de nous !

— Écoute Amy, laisse tomber ce garçon, renchérit ma mère.

— Non, mais c'est normal que je demande des explications, non ?

— Alala, soupire ma mère. On t'a dit que c'était comme ça ! Tu peux quand même nous faire confiance, non ?
Je les regarde tous les deux, abasourdie.

— Je vous fais confiance, mais j'ai bien l'impression que vous êtes en train de péter un câble pour rien. Et puis, de toute façon, je ne suis pas d'humeur à sortir avec qui que ce soit là. Rassurés ?

Ils n'ont vraiment pas l'air de l'être, mais je profite du moment de flottement pour repartir dans ma chambre. Décidément, ces vacances viennent de prendre une très mauvaise tournure en l'espace d'une douzaine d'heures.

Chapitre 7

Je passe le reste de la journée dans mon lit, à enchaîner des séries qui me permettent de mettre mon cerveau en mode off. J'ai décidé d'éteindre mon portable pour ne pas être tentée de lire les messages de ma bande de copines, ou pire encore, de Lucas. Bref, je me coupe du monde le temps de reprendre mes esprits et si ça ne va pas mieux demain, je pense que j'envisagerai sérieusement de rentrer chez moi. Après tout, croiser mes élèves dans les ruelles du village c'est cent fois moins difficile que de croiser l'ex-amour de ma vie et d'être confrontée au fait qu'il ne m'a peut-être jamais aimée.

Il est tard lorsque je finis par me relever. Je me sens étrangement pleine d'énergie. La nuit vient de tomber et les rues sont encore animées alors je décide d'aller faire un tour, seule, pour me dégourdir les jambes. Je mets un short et un long t-shirt de yoga qui me sert aussi de pyjama, puis je quitte l'appartement sans un bruit. La soirée est fraîche, ça fait du bien étant donné les températures caniculaires des derniers jours. Je me promène le long du quai. La musique des différents bars se mélange dans mes oreilles, l'ambiance est toujours festive ici. Je continue ma route vers une partie plus tranquille des marinas et me dirige vers la plage. À cette heure-ci, c'est plus calme. Je croise un groupe qui finit un barbecue au bord de l'eau. Une dizaine de minutes plus tard, je suis enfin seule. L'air marin me détend. Je ne sais pas combien de temps je reste assise, à écouter le bruit des vagues ni ce qui finit par me faire tourner la tête vers ma droite, mais je distingue soudain une silhouette dans le noir à une centaine de mètres.

Je ne suis pas particulièrement peureuse, mais je sais me montrer prudente. C'est un homme, je ne vois pas son visage, mais il avance lentement vers moi. Je me relève d'un bond pour rejoindre le plus vite possible le trottoir. L'homme qui marchait sur la plage m'imite et se trouve maintenant derrière moi. J'accélère le pas, il accélère aussi. Je ne sais plus quoi faire, il n'y a aucune voiture en vue et personne d'autre que nous deux dans le coin. Je sors mon portable toujours éteint et l'allume difficilement tellement j'ai les mains qui tremblent. Je compose le premier numéro de mon historique, celui de Marie. Le téléphone sonne et sonne en vain. Je raccroche et appelle Sarah, après tout elle n'habite pas loin d'ici, elle pourra peut-être rappliquer en voiture très vite.

— Allo ?

— Sarah, excuse-moi, je sais qu'il est tard, mais j'ai un problème.

— Qu'est-ce qui se passe ?

— Je suis au bord de mer, à environ 1 km des marinas, et il y a un homme qui me suit. Il se rapproche de plus en plus, je ne sais pas quoi faire !

— Ok. Je vais rester avec toi au téléphone, d'accord ? Et je te rejoins, je pars tout de suite.

— Merci, merci beaucoup. J'ai vraiment peur là.

— Ça va aller, continue à parler, ça devrait le refroidir un peu.

— D'accord, dis-je en regardant derrière moi.

Le pervers me suit toujours, mais il n'a pas gagné de terrain. Sarah se met à me poser plein de questions pour me changer les idées. Elle me demande de lui raconter ma journée en détail alors je lui parle des séries que j'ai regardées et je commence à reprendre le dessus, surtout que je me rapproche du premier bâtiment, et logiquement d'elle.

— Ça va, ma belle ? Il est toujours derrière toi ?

— Oui, il recommence à accélérer, dis-je en me mettant à paniquer à nouveau.

— Je ne dois plus être loin, ça va aller.

Je m'apprête à répondre quand j'aperçois enfin quelqu'un qui vient à ma rencontre. Je crois pendant un instant qu'il s'agit de Sarah, mais non, c'est un homme. Je me rue presque sur lui en espérant que lui ne soit pas un sale pervers, et plus je m'approche plus un doute s'immisce dans mon esprit. Je n'en reviens pas, c'est Tom ! J'oublie Sarah et ma dignité pour courir jusqu'à lui sans m'arrêter.

— Amy ? s'exclame-t-il.

— Oh merci, merci, tu viens peut-être de me sauver la vie.

— De quoi tu parles ?

— Il y a un homme qui me suit depuis dix minutes ! J'ai vraiment cru qu'il allait me rattraper.

— Il est où ?

Immédiatement, son regard se met à sonder les ténèbres. Je me retourne moi aussi, mais je ne vois personne. Ce connard a disparu. J'entends la voix de Sarah au téléphone, mince ! Je l'ai vraiment oubliée.

— Tout va bien, Sarah. C'est bon. Il est parti.

— Bon, j'arrive quand même, je crois que je te vois. Mais attends, tu n'es pas toute seule ?

— Non, je...

Mais elle a raccroché. Devant moi, Tom semble encore chercher la trace de celui qui me suivait.

— Il était juste derrière moi, à moins de cent mètres, et il n'arrêtait pas de se rapprocher, je te le jure.

— Je te crois, soupire-t-il. Il y a de sacrés tarés.

— Amy ! Tu vas bien ? s'écrie Sarah en accourant à mes côtés.

Elle reste troublée un instant par la présence de Tom, mais elle se reprend vite.

— Thomas, c'est ça ? devine-t-elle. Moi c'est Sarah, on s'est déjà croisé à la piscine, il y a longtemps.

Tom hoche la tête.

— Bonsoir, répond-il. Je crois que tu n'as plus besoin de moi, Amy.

— Hm, en fait, si ça ne te dérange pas de la ramener chez elle, explique Sarah. Je suis partie en laissant le four allumé, je risque de foutre le feu à tout l'immeuble.

Je la regarde avec des yeux ronds. Quelle audace ! Elle dit ça exprès, c'est sûr.

— Appelle-moi dès que tu rentres, ok ? Ça me rassurera ! Et la prochaine fois, on ira marcher ensemble si tu veux.

Sarah me fait la bise et s'empresse de repartir, nous laissant seuls tous les deux.

— Hm, désolée, je peux rentrer toute seule, ça va, dis-je en relevant la tête vers Tom.

J'ai conscience d'avoir dit ça avec une voix tremblante et essoufflée, ce qui rend ma déclaration peu crédible.

— Tu veux aller t'asseoir au bord de l'eau ? me demande-t-il en ignorant ma proposition.

— Pourquoi pas.

Je ne sais pas quoi lui répondre en fait. Bien sûr que j'ai envie d'aller m'asseoir à côté de lui un moment, rien que pour redescendre un peu de ce coup de stress, mais en même temps, je ne comprends pas ce qu'il cherche et j'ai peur de ce qu'il risque de me dire.

Mais tant pis, je le suis et m'assois sur les galets sans tenter de faire la conversation. Tom n'a pas l'air d'en avoir envie non plus puisqu'il reste là, à regarder la mer sans rien dire.

Au bout d'un moment pourtant, il se retourne vers moi.

— Je suis désolé pour hier soir, j'ai dit pas mal de conneries. Et je t'ai fait de la peine.

— J'en suis à me dire que je me fais de la peine toute seule, tu sais.

Il tourne la tête vers moi et son regard me transperce.

— Comment ça ?

— Tu es parti il y a huit ans. Il ne doit y avoir que moi sur Terre pour encore espérer quelque chose après tout ce temps et malgré les messages que tu m'as envoyés. Mais tu sais ce qui est le plus difficile à accepter ?

— Dis-moi, continue-t-il d'une voix grave.

— C'est de me dire que je ne t'ai peut-être jamais vraiment connu. La personne que je pensais que tu étais n'a peut-être jamais existée. Je t'ai peut-être inventé et idéalisé pour que tu correspondes à ce qui me manquait dans la vie. Voilà, c'est ça le plus dur à accepter.

Ma déclaration me paraît soudain très brutale, même si dans ma tête les mots me semblaient justes. Tom ne dit rien. Je me demande si je l'ai blessé à mon tour, d'une manière ou d'une autre.

— Toi et tes idées à la con... lâche-t-il avec un demi-sourire. Quand on était ensemble, j'étais sincère. Tu ne t'es pas fait d'idées.

Je n'ose plus rien dire, je suis à la fois gênée, et incroyablement soulagée. À vrai dire, je dois me retenir de ne pas éclater en sanglots, ou de lui hurler de tout m'expliquer pour de bon... ce qu'il ne ferait probablement pas de toute façon.

Il se relève et je l'imite. On dirait que la conversation du soir va s'arrêter ici. Une sorte de pulsion me pousse à le retenir par le bras.

— Et maintenant ?

À la manière qu'il a de me regarder, je vois qu'il a très bien compris le sens de ma question. Je relâche son bras, le cœur battant à tout rompre.

— On ne se connait plus, soupire-t-il

Je me contente d'acquiescer bêtement. Pourquoi est-ce que je lui ai demandé ça ? Pour me torturer, j'imagine...

— Allez, viens. Je te ramène chez toi.

Je m'essuie les joues du revers de la main avant de le suivre. Le trajet se fait quasiment en silence parce que j'ai peur de craquer si j'ouvre la bouche et Tom ne semble pas l'ignorer. À peine une quinzaine de minutes plus tard, je retrouve l'abri de l'appartement de mes parents. Mon téléphone se met à vibrer dans ma main. J'ai un nouveau message.

Garde le sourire. J'aime quand tu souris. Bonne nuit, Tom.

Chapitre 8

Je me réveille en sursaut en entendant du bruit dans la cuisine. Je jette un coup d'œil à mon téléphone, il n'est que sept heures dix. Je tends l'oreille, je crois que c'est ma mère, mais pour avoir le cœur net je me lève et passe la tête par la porte entrouverte. C'est bien elle, on dirait qu'elle s'est lancée dans un ménage de printemps pas du tout rassurant. Je la connais, c'est le genre de choses qu'elle fait uniquement quand quelque chose ne va pas. Je me demande si c'est à cause de moi ou de mon père. J'espère qu'elle ne se fait pas de souci pour moi… Je recule avant qu'elle ne remarque ma présence et je retourne dans ma chambre sur la pointe des pieds. Maintenant que je suis réveillée, autant me préparer.

Après un rapide passage sous la douche, j'enfile une tenue de sport. La piscine n'ouvrira qu'à dix heures, mais en attendant je peux aller courir un peu, ça m'évitera de repenser à Tom et à la signification de son dernier message.

— Salut maman, dis-je en me présentant dans le couloir. Je sors courir, je prendrai le petit-déj en revenant. Vous voulez que je m'arrête à la supérette au retour ?

— Non, ça va, me répond-elle, l'air absent. À plus tard.

Tant pis. Dehors, le soleil est déjà brûlant. Je pars en petites foulées dans la rue et prends la direction de la plage. Au bout d'un moment, je fais demi-retour, et rentre à bon rythme vers la marina. Il y a maintenant beaucoup plus de monde dehors. Quand j'arrive au niveau de la rue principale, je ralentis l'allure et marche tranquillement jusqu'à l'appartement.

— Amy !

Lucas se tient à quelques mètres derrière moi, un grand sourire sur le visage. Il n'attend pas que je lui réponde pour s'approcher de moi et m'embrasser. Le contact de ses lèvres me surprend, mais pas d'une manière désagréable. J'ai plutôt l'impression qu'il me ramène vers la réalité, et j'en ai sacrément besoin.

— Comment ça va ? Tu ne m'avais jamais dit que tu courais. On pourrait y aller ensemble la prochaine fois.

— J'essaie d'y aller au moins une ou deux fois par semaine, mais je suis loin d'être une vraie coureuse, alors…

— Ce n'est pas grave, me sourit-il. Tu n'avais pas l'air très en forme ces derniers jours, ça va mieux ?

— Un peu oui, merci.

— Super. Je peux t'inviter prendre un café et manger un croissant ?

— Euh, c'est que j'ai dit à ma mère que j'allais rentrer…

Pourquoi je repense aux stupides mises en garde de mes parents ? Je me suis retrouvée seule avec lui plein de fois et il s'est toujours montré super respectueux. Il ne faut pas que je les laisse m'embrouiller la tête. Je relève timidement les yeux vers Lucas et lis une certaine déception sur son visage.

— Mais c'est bon, je vais lui envoyer un texto, je peux venir. Par contre, ça ne te dérange pas que je sois toute transpirante ?

— Pas du tout, me sourit-il encore. Tu pourras toujours prendre une douche chez moi, continue-t-il avec un clin d'œil.

— Tu n'habites pas loin, c'est ça ? Dans le bâtiment D ?

— Oui, juste à côté.

Il me tend la main et je n'ai pas le cœur de refuser de l'attraper. Ça me fait quand même bizarre, maintenant que je sais que Tom est ici, j'ai presque l'impression de le tromper. Je suis vraiment ridicule... C'est sans doute mieux de passer du temps avec Lucas. Le meilleur moyen de ne plus penser à Tom c'est bien de sortir avec un autre, au moins pour passer cet été qui s'annonce assez déprimant.

Lucas ne m'a pas menti, quelques minutes plus tard on arrive déjà à son appartement du rez-de-jardin. La vue donne directement sur les restaurants en contre bas. L'appart est plus petit que celui de mes parents, mais bien entretenu. Je le suis dans la cuisine alors qu'il dépose deux tasses et un sachet de croissants sur un plateau.

— Un sucre ou deux dans ton café ? me demande-t-il alors qu'il met en marche sa machine.

— Un, merci.

— Oh, attends, en fait tu peux attraper le sucre dans le placard derrière toi ?

— Pas de soucis.

J'ouvre tout de même deux portes avant de trouver le bon placard, et le paquet en question que je dépose sur le plateau.

— Tu ne blaguais pas tout à l'heure quand tu me proposais d'utiliser ta douche ? Parce que, sans aller jusque-là, j'irais bien me rafraîchir un peu.

— Bien sûr, c'est la porte à droite au bout du couloir. De toute façon, tu ne peux pas te tromper.

J'en ressors quelques minutes plus tard en sentant un peu moins le fauve que quand j'y étais entrée. Lucas m'attend sur le balcon et me désigne une chaise à côté de lui.

— Merci pour le petit-déjeuner, lui dis-je en m'asseyant.

— De rien, je suis content que tu aies accepté de venir. Je t'avoue que je ne sais pas trop sur quel pied danser avec toi. Un jour, j'ai l'impression que le courant passe bien entre nous et le lendemain tu me parais absente. Du coup, je me demande si je te plais... Parce que toi tu me plais beaucoup.

Il a sorti tout ça le plus naturellement du monde et je dois prendre un instant pour l'intégrer.

— C'est vrai. Je suis désolée pour ça, je n'ai plus vraiment l'habitude de me retrouver avec quelqu'un et je ne sais pas trop où j'en suis dans ma vie sentimentale.

— Ce n'est pas la peine de t'excuser. Ça ne se contrôle pas ce genre de choses.

Je bois une gorgée de mon café, et j'hésite. Mon téléphone se met alors à vibrer dans la poche de mon pantalon. J'y jette rapidement un coup d'œil, c'est un message de Sarah.

J'attends le compte rendu détaillé de ton rendez-vous improvisé d'hier soir. Ne me déçois pas !

Je soupire intérieurement avant de ranger mon portable. Ce n'est pas le moment de repenser à ça. En face de moi, Lucas me lance un drôle de regard.

— Si je me sentais mal ces derniers jours, c'est parce que j'ai revu quelqu'un qui fait partie de mon passé. Ça m'a vraiment bouleversée, voilà pourquoi j'ai traîné à te recontacter. Ce n'était vraiment pas à cause de toi, et tu me plais toi aussi. Je me sens bien quand je suis avec toi, tu me fais rire, tu me forces à parler, et à redevenir un peu moi-même. Je ne sais pas si tu vois ce que je veux dire.

Il relève la tête vers moi et son expression se fige d'une manière difficile à déchiffrer.

— Je pense que oui. Est-ce que ça veut dire qu'on va se revoir ? Parce que j'étais en train de me dire que tu me trouvais peut-être un peu lourd.

— Bien sûr qu'on va se revoir. Demain soir, j'ai une soirée entre filles, mais je n'ai rien mercredi si tu veux.

Cette fois, c'est moi qui souris, et c'est sincère. Je ne veux plus penser à Tom, je refuse de le laisser jouer avec mes sentiments. Il a eu l'occasion de s'expliquer et n'a rien fait. Est-ce qu'il s'attend à ce que je lui coure après ? J'en doute. Il m'a dit qu'il n'était pas là pour moi, il faut que j'arrête de me faire des films et que je profite des bonnes choses qui se présentent à moi.

Je mords dans un croissant, déterminée à ne plus me laisser déstabiliser par cette vieille histoire. Lucas a l'air vraiment heureux de passer ce moment avec moi et ça me touche. Quand je finis par regarder l'heure, je m'aperçois qu'il est presque dix heures, je dois rentrer avant que ma mère n'appelle les secours !

— Je vais y aller, merci pour le café et le croissant, dis-je en me relevant.

Lucas a retrouvé le sourire et il me raccompagne jusqu'à la porte, sans oublier de m'embrasser avant d'ouvrir.

— Appelle-moi, ok ? Je crois qu'avec toi, c'est mieux de te laisser faire le premier pas.

J'acquiesce, un peu gênée, et je rentre apaisée à l'appartement. Ma mère est toujours en train d'astiquer la cuisine, je reprends un café avec elle en évitant bien sûr de lui dire que j'étais avec Lucas.

En fin de matinée, je débarque enfin à la piscine et je constate avec plaisir que la bonne humeur semble de retour dans notre petit groupe. Je tente de me détendre, d'oublier Tom et d'ignorer les coups de coude de Sarah pour que je lui raconte en détail ce qu'il s'est passé la veille. Mais malgré moi, je me retrouve à regarder mon portable toutes les deux minutes. Je suis vraiment pathétique, moi qui venais de prendre de bonnes résolutions !

Je ne peux pas m'empêcher de repenser à Tom et à ce qu'il s'est passé la veille. Hier soir, j'ai cru voir une lueur différente dans son regard, comme si j'avais réussi à percer un peu de sa carapace. Est-ce que je me fais simplement des idées ? Des fois, je crains que mon désir de voir un changement en lui ne me joue des tours. Tom… Est-ce possible qu'il soit devenu un étranger pour moi ? Et surtout, est-ce possible que je ne représente plus rien à ses yeux ? Une partie de moi refuse de le croire. Merde, pourquoi je n'arrive pas à me contrôler ? Je viens de dire à Lucas que j'allais le revoir ! Je suis vraiment un cas désespéré.

Marie pose une main sur mon bras.

— Ça va, Amy ? me demande-t-elle à voix basse pour pas que les autres ne nous entendent.

Je lui réponds par un hochement de tête affirmatif, qui ne la trompe pourtant pas.

— Tu ne veux pas qu'on se fasse un resto ce midi ? Ça vous dit, les filles ? lance-t-elle à nos copines.

Ludivine n'a pas l'air tentée, et Coralie est en mode jeûne intermittent et ne mange jamais avant quatorze heures. Mais Sarah saute sur l'occasion pour se joindre à nous.

— Allons-y toutes les trois alors, suggère Marie.

— Mais il est à peine 12 h, dis-je en regardant mon portable.

— Pas grave, on prendra notre temps en chemin.

Je finis par les suivre, consciente qu'elles risquent de me faire parler d'un sujet que j'essaie tant bien que mal d'éviter. Une fois dans la rue, Marie m'attrape par le bras et plante son regard inquisiteur dans le mien.

— Bon, tu nous dis ce qu'il se passe ou tu attends que j'essaie de te faire parler avec mes techniques de psy à la con ?

— C'est comme ça que tu comptais t'adresser à tes patients ?

Marie lève les yeux au ciel en pouffant.

— Tu n'es pas dans ton état normal ce matin.

— Faudrait déjà arriver à définir ce que c'est que mon état normal.

— N'essaie pas de détourner la conversation.

— On va dire qu'elle a recroisé *quelqu'un*, explique Sarah.

Marie lui lance un regard à la fois surpris et choqué. Je soupire. On s'approche de la rue principale, je me sens obligée de baisser le ton vu le nombre de personnes qui nous entourent.

— Ok, je vais tout vous expliquer, mais attendez qu'on s'installe quelque part, d'accord ?

Marie hoche la tête et on prend la direction du restaurant chinois qu'elle adore, tout au bout du port. On nous y accueille très chaleureusement, il faut dire qu'on est un peu des habitués de l'établissement étant donné qu'on mange ici plusieurs fois par mois tous les étés depuis des années. On se retrouve assise toutes les trois en terrasse sous un parasol. Une fois que nos commandes sont prises et qu'on nous a servi notre verre de vin, j'accepte de répondre aux questions de mon ex-future psy de copine, sous le regard attentif de Sarah.

— Avant de commencer, j'aimerais que vous me promettiez de ne pas en faire toute une histoire.

— Comme si c'était dans mes habitudes, se vexe Marie.

— Je sais, mais quand même.

— Je te le promets, m'assure-t-elle.

— Moi, tu sais que je suis déjà en partie au courant, ajoute Sarah.

— J'ai revu Tom deux fois, depuis que je vous ai dit qu'il était de retour ici. Et hier soir, on a beaucoup parlé.

— Parlé, parlé ? reprend Marie.

J'acquiesce lentement.

— Sarah le sait parce qu'elle était là quand on s'est croisé, mais je ne lui ai pas dit ce qu'il s'était passé ensuite. Je vous rassure tout de suite, il n'y a rien de spécial à raconter, on a juste parlé du passé, mais je n'arrête pas d'y repenser. Surtout que parallèlement, j'ai dit à Lucas que j'étais prête à passer plus de temps avec lui. Voilà.

Marie me regarde avec de grands yeux ronds, pendant que Sarah semble prendre son mal en patience.

— Mais qu'est-ce que Thomas t'a dit exactement ? Raconte-nous depuis le début, insiste Marie.

— Rien du tout. Je l'ai revu une première fois pour parler de notre rupture, mais il n'a rien voulu me dire, et moi je me suis énervée, bref... c'était assez difficile. Hier soir, je l'ai croisé complètement par hasard, et cette fois, il était différent. J'ai presque eu l'impression de retrouver le Tom d'avant, pendant un instant.

— Il a essayé de t'expliquer pourquoi il s'est comporté comme ça avec toi ? m'interroge Sarah.

— Pas vraiment. Enfin, il m'a redit qu'il m'avait quittée parce qu'il ne pensait pas que ça pourrait marcher entre nous, mais il a refusé de me dire pourquoi.

Marie grimace.

— Ce n'est pas bon signe, ça. S'il veut te revoir, il faut que ce soit sur des bases saines, donc pas de secrets.

— Je ne sais pas s'il veut me revoir, Marie. Il ne m'a rien dit qui pouvait me laisser espérer, ou...

J'interromps ma phrase à l'arrivée du serveur qui apporte nos plats. Marie mord dans un nem, songeuse.

— Amy, pourquoi tu tiens autant à ce qu'il revienne vers toi ? Depuis toutes ces années, pourquoi tu restes autant attachée à Tom ? Je sais que vous étiez bien ensemble, je comprends ça. Mais le temps passe, et tout ça, ça remonte à tes années de lycée, tu t'en rends compte ? Tu es loin d'être l'ado que tu étais à cette époque.

— Justement.

Ma voix se durcit. Je prends une gorgée de vin pour m'aider à faire redescendre la boule qui s'est formée dans ma gorge.

— J'ai l'impression d'avoir perdu une partie de moi quand il a disparu de ma vie.

Le regard de mon amie s'adoucit. Quant à Sarah, elle semble plongée en pleine réflexion, même si je lui ai déjà dit tout ça.

— Je sais que c'est difficile à comprendre. Tout le monde me dit de passer à autre chose, mais je ne peux pas parce que j'ai toujours eu le sentiment que ce que j'avais avec Tom, c'était quelque chose d'unique, quelque chose qu'on ne retrouve pas deux fois dans la vie. Il était tellement plus que mon petit copain, vous voyez ? C'était quelqu'un qui me voyait et qui me comprenait telle que j'étais. Et depuis que je l'ai perdu, tout me semble fade et sans intérêt.

Je reprends mon verre de vin d'une main tremblante. J'ai les larmes aux yeux, et la boule de ma gorge me pèse désormais sur la poitrine. Je n'ose même plus les regarder, de crainte d'éclater en sanglots.

— Et c'était réciproque, conclut Sarah.

— C'est ce que je croyais, mais quand il a disparu du jour au lendemain, tout a basculé dans ma tête. Et j'ai besoin de comprendre pourquoi il a fait ça.

— Tu lui as demandé directement ? me demande-t-elle.

Je hoche la tête.

— Je vous l'ai dit, il ne veut pas en parler ! Mais… mais il a dit quelque chose. Il a dit qu'il y a huit ans, il était sincère. Je crois qu'il voulait dire qu'il m'aimait vraiment.

Marie se remet à froncer les sourcils.

— Dans ce cas, ça veut dire qu'il s'est passé quelque chose dans sa vie. Quelque chose qui l'a forcé à rompre.

— Ne me dis pas ça, c'est la seule chose que je veux entendre et je suis terrorisée à l'idée que ce ne soit pas ça, tu comprends ? Non, attends, c'est pire que ça. J'ai peur dans les deux cas ! J'ai l'impression que c'est sans issue et que quoi qu'il arrive, je vais juste souffrir. C'est pour ça que j'ai dit à Lucas que j'allais le revoir.

— Est-ce que tu veux le revoir pour te venger de Tom ? me demande Marie.

— Pas me venger, Marie ! Juste le mettre de côté. Oublier tout ça et passer à autre chose.

— Tu es sérieuse ? Amy, ça fait huit ans qu'on fait tout pour que tu passes à autre chose et tu crois que tu vas y arriver en sortant avec le beau Lucas sous le nez de Tom ? Tu t'entends penser dans ta tête ou pas ? s'agace Sarah.

Tout à coup, je réalise l'énormité de ce que je viens de leur avouer et j'ai envie d'aller me cacher sous la table.

— Je ne sais plus quoi faire. Marie, tu n'as pas un truc de psy à me conseiller, s'il te plaît ?

Elle secoue lentement la tête et Sarah me sourit tristement.

— Il n'y a pas de solution miracle, me dit cette dernière.

— Je pense que tu dois éclaircir les choses avec Tom et surtout pas te jeter dans les bras de Lucas en pensant que ça va t'aider à surmonter l'espèce de chaos dans lequel tu es plongée en ce moment, reprend Marie.

Je soupire longuement.

— Tu es sûre que tu as choisi la mauvaise licence ?

Marie me sourit, mais je sens bien qu'elle se fait du souci pour moi. Après ça, je leur demande de changer de sujet, je n'ai pas envie que l'on parle de Tom pendant tout le repas, j'ai déjà suffisamment plombé l'ambiance pour la journée.

Quand je rentre à l'appartement, je n'ai plus la force de penser ni à Thomas ni à Lucas. Et la vague de chaleur qui s'abat depuis deux jours sur la région n'arrange rien, j'ai l'impression d'être un zombie poisseux. Je prends une longue douche froide, règle la clim, et m'étale de tout mon long sur mon lit. Si seulement je pouvais vraiment déconnecter mon cerveau et oublier… Malheureusement, je ne suis pas née avec ce genre de modèle. Ou alors, on ne m'a jamais montré où était la prise à débrancher.

Chapitre 9

Le lendemain, nous quittons toutes la piscine un peu plus tôt pour nous préparer pour notre soirée entre filles. J'avoue que j'ai vraiment besoin de me retrouver avec mes copines autour de quelques cocktails pour faire le vide... Bon, ok, on se retrouve déjà tous les jours à la piscine, et en plus on commande souvent des cocktails à boire au bord de l'eau, mais ce n'est pas la même chose, non ?

Il est à peine dix-neuf heures trente quand je sonne à la porte de Sarah. Quand elle m'ouvre, je la découvre vêtue d'un tablier rouge à pois par-dessus une robe noire. Elle me fait entrer en me disant de m'installer sur le balcon et elle nous sert deux mojitos avec une planche de tapas.

— Tu n'as pas eu trop peur en venant jusqu'ici toute seule ? me demande-t-elle en s'asseyant en face de moi.

— De quoi ? dis-je, avant de comprendre qu'elle fait référence à ce cinglé qui m'a suivie l'autre soir. Euh, non, ne t'inquiète pas. Ça m'était presque sorti de la tête en fait.

— C'est à ton sauveur que tu pensais encore ?

— Non, j'évite.

— Et Lucas ? Tu l'as revu ?

Je secoue la tête.

— Pas encore. Vous m'avez fait flipper toi et Marie. Mais je lui ai envoyé un message pour lui proposer un truc demain soir. Il ne m'a pas encore répondu.

— Fais quand même attention à ce que tu fais. Si tu as Thomas en tête, ce n'est pas une super idée de…

— Je sais bien. Mais je laisse tomber Tom.

— Je vois, répond Sarah, pensive. Bon, parlons d'autre chose si tu veux, je ne veux pas te déprimer avec mes questions. Déjà qu'hier…

Je hoche la tête, reconnaissante, et je lui propose de lui filer un coup de main en cuisine en attendant que les autres débarquent.

Peu de temps après, la sonnette de la porte d'entrée sonne et Ludivine nous rejoint, accompagnée de Marie. Coralie est la dernière à arriver, en retard d'une bonne heure.

— Désolée les filles ! nous lance cette dernière, avant de nous rejoindre sur la terrasse. J'étais au téléphone avec ma sœur et impossible de la laisser… Elle vient de se faire encore plaquer, la pauvre.

— Qu'est-ce qu'il lui arrive, cette fois ? ironise Ludivine.

Coralie lui lance un regard noir. Elle adore sa petite sœur et la soutient en toutes circonstances, ce qui n'a jamais manqué de nous amuser toutes. Il faut dire que sa sœur a le don pour se fourrer dans les pires histoires, mais étant donné ma situation, je sais que je n'ai aucun droit de me moquer.

— Son copain la trompait depuis au moins deux mois avec une de ses collègues. Elle l'a appris par hasard, en venant lui apporter un truc au boulot. Vous imaginez ? Elle est dans un sale état.

— Encore la preuve qu'il ne faut jamais leur faire confiance... soupire Ludivine.

— Ce n'est pas un peu difficile de sortir avec quelqu'un si on ne lui fait pas confiance ? reprend Marie avec un sourire taquin.

— Tu peux avoir partiellement confiance, lui répond Ludi sérieusement. Mais il faut toujours se méfier et s'attendre à tous les pires coups.

— On ne peut pas faire partiellement confiance ! poursuit Marie. Ça ne marche pas comme ça.

— Écoute, t'es gentille avec tes trucs de psy, Marie, mais regarde un peu les choses en face. Ici, on s'est toutes faites avoir par des sales types. Et ta sœur, Coralie, on dirait qu'elle fait exprès de tirer à chaque fois le gros lot en termes de mecs. Je vous dis, les filles, on est trop bonnes à accorder notre confiance. Moi, on ne m'y reprendra plus. J'ai assez donné.

Coralie sourit. Je crois que ça l'amuse de voir avec quelle détermination Ludivine défend ses idées. Quant à Sarah, elle semble plutôt de l'avis de notre copine.

— J'ai toujours envie d'y croire, dis-je. Je sais que vous me trouvez naïve, et vous avez raison, mais je ne veux pas abandonner. Même si c'est dur de faire confiance.

— En même temps, tu dis ça, mais à qui est-ce que tu as refais confiance, depuis Tom ? m'interroge Sarah.

— J'avais confiance en mon ex.

— T'avais confiance en lui ou tu n'en avais pas gros chose à foutre, en fait ? demande Ludivine. Parce que ce n'est pas la même chose, hein. D'après mes souvenirs, tu n'y tenais pas vraiment, à ce gars. Facile dans ce cas-là de faire confiance.

— Ok, tu as raison sur ce point, mais je pensais pendant un moment que j'étais amoureuse de lui et je lui faisais confiance. Ça ne compte pas ?

— Si, ça compte, répond Marie.

— Moi, je ne sais pas si ça compte, ajoute Coralie. C'est facile de ne pas trop se poser de questions si on n'est pas vraiment attaché à quelqu'un.

— Ouais, c'est vrai… Mais je maintiens ce que j'ai dit, je veux y croire.

Je veux y croire, oui. Je veux croire que Tom n'a jamais cherché à me faire du mal. Je veux croire qu'il va enfin tout m'expliquer, et que tout pourra s'arranger. C'est bien ça que j'ai en tête depuis le départ, mais hors de question de l'avouer aux filles.

— Mais toi, t'es une vraie romantique, lâche Sarah.

— Ça c'est clair, sourit Coralie. Et heureusement qu'on est là pour te garder à l'œil. C'est ce que j'essaie de faire avec ma sœur, mais comme vous le constatez, ça ne marche pas vraiment.

— C'est Ludi que tu dois envoyer à ta sœur. Elle ferait une enquête complète sur chaque gars qu'elle ramènerait à la maison, dis-je.

— Vous riez, reprend sérieusement Ludivine, mais ce n'est pas les mecs que j'essaierais de changer, c'est ta sœur, Coralie. Je chercherais à lui apprendre à se respecter, à se placer au-dessus de n'importe qui et à s'estimer plus importante que ses rencontres. Sérieux, c'est ça la solution, non ?

— En partie, avoue Marie. Enfin, je pense que tu simplifies le problème. Les choses sont souvent plus complexes. Il n'y a pas que ses sales types et des pauvres filles qui manquent de confiance en elles… Mais, je vois ce que tu veux dire.

— Donc, pour une fois vous êtes plus ou moins d'accord ? s'amuse Sarah. Trinquons à ta sœur, Coralie !

Je lève mon verre avec elles. Je ne veux rien ajouter de plus au débat, et pourtant leur conversation me fait réfléchir. Je repense malgré moi à Tom, à Lucas et je ne peux pas m'empêcher de me demander ce que je vais faire de tout ça.

Heureusement pour moi, Sarah se lève d'un coup pour nous appeler à table, ce qui m'oblige à passer à autre chose.

La soirée s'étire et je commence à bâiller quand Marie reçoit un texto qui lui fait pousser un cri de surprise.

— Amy ! s'exclame-t-elle. Va voir l'article que je te partage.

Interloquée, je me saisis de mon téléphone et ouvre le lien qu'elle vient de m'envoyer. Mes yeux parcourent le texte, l'article parle d'une disparition inquiétante pour laquelle la police lance un appel à témoin. Une disparition dans les marinas. L'identité de la personne disparue ? Lucas Meunier.

Chapitre 10

Je fais les cent pas dans ma chambre, rongée par l'angoisse. Hier soir, dès que j'ai appris que Lucas avait disparu, j'ai tout de suite appelé le numéro mis à disposition par la police pour leur dire que j'étais prête à répondre à toutes leurs questions. Je suis ensuite rentrée le cœur lourd chez mes parents. Je les ai trouvés encore réveillés, devant la télé et la discussion que j'ai dû avoir avec eux m'a brisée. Je me suis pris une pluie de *on t'avait prévenue ! Il ne fallait pas t'approcher de lui ! Et qu'est-ce qui va se passer maintenant ?* Je n'ai même pas osé leur dire que j'avais vu Lucas juste avant sa disparition, je préfère garder cette information pour la police uniquement, si possible.

Il est bientôt huit heures, d'un instant à l'autre, un inspecteur va sonner à la porte pour m'interroger, c'est ce qu'on m'a dit au téléphone hier soir. Entre temps, j'ai eu le temps de chercher tout ce que je pouvais sur internet sur la disparition de Lucas. Sur une des pages Facebook de la résidence, les riverains ont commenté en direct l'arrivée de la police dans le bâtiment D. Certains disent que l'appartement était maculé de sang. La disparition a été signalée hier, en fin de matinée. Quand Lucas ne s'est pas présenté au travail et qu'il ne répondait pas au téléphone, un de ses collègues serait passé chez lui et se serait fait ouvrir la porte. C'est ce que j'ai compris des commentaires des gens sur les réseaux. À la découverte de tout ce sang, le collègue en question a appelé la police, et c'est tout ce que je sais pour le moment.

Bien sûr, les filles sont toutes au courant et m'inondent de messages depuis hier soir. Je n'arrive pas à savoir ce que je ressens. Je suis morte d'inquiétude pour Lucas, mais en même temps, je n'arrive pas à croire qu'il ait pu lui arriver quelque chose. Tout ça me paraît complètement irréel.

Sept heures cinquante-sept, la sonnette retentit. Je me dépêche d'aller ouvrir et me retrouve devant deux enquêteurs de la police. Je m'empresse de pousser mes parents en leur disant d'aller dans leur chambre ou dans la cuisine et guide les deux hommes dans le salon.

— Mlle Huot, c'est ça ? me demande le premier inspecteur.

Je hoche la tête.

— Moi, c'est l'inspecteur Mayer, et voici mon collègue, l'inspecteur Jannet.

— Enchantée, dis-je maladroitement.

— Merci de nous avoir appelés. Aujourd'hui, on est juste là pour vous poser quelques questions, d'accord ? me dit l'inspecteur Jannet.

Il sort un ordinateur portable de son sac et un appareil pour enregistrer la conversation.

— Je vais vous enregistrer et prendre des notes, pendant ce temps-là, mon collègue posera les questions.

— D'accord.

Je suis vraiment mal à l'aise et impressionnée. Mais je sais aussi que je n'ai pas le choix. Peut-être que je vais leur apprendre quelque chose qui pourra aider Lucas. Les chances sont infimes, mais on ne sait jamais.

— Comment connaissiez-vous M. Lucas Meunier ?

— On s'est rencontré un soir, il y a un peu plus de trois semaines. On a pris un verre ensemble dans un bar, j'étais avec des copines.

— Et quels étaient vos rapports avec lui ?

— Hmm... On ne sortait pas vraiment ensemble, mais on a eu plusieurs rendez-vous.

— Donc relations intimes ?

— Non, pas comme ça. Je ne sais pas, on en était juste à apprendre à se connaître.

— Bien. Et donc, quand est-ce que vous l'avez vu pour la dernière fois ?

— Avant-hier. On a pris le petit-déjeuner ensemble vers neuf heures et après je suis rentrée. Je devais l'appeler, mais... bref, j'ai vu hier soir qu'il avait disparu.

— Le petit-déjeuner ? Vous avez passé la nuit chez lui alors.

— Non, non ! Je l'ai croisé sur le port après mon jogging et il m'a invitée à prendre un café.

— D'accord, répond l'inspecteur Mayer. Alors si je reprends tout ça : vous l'avez vu lundi matin, vers neuf heures, et vous avez pris un café chez lui. C'est ça ?

— Oui, c'est ça.

— Ensuite, vous êtes rentrée chez vous ?

— Oui, exactement.

— Et vous n'avez plus entendu parler de lui après ça? Aucun SMS, aucun coup de fil ?

— Non, rien. Mais il m'avait dit de l'appeler, moi. Pour ne pas me mettre de pression.

— Donc vous n'étiez pas surprise d'avoir aucune nouvelle, c'est ça ?

— Oui, c'est ça.

— Bien, merci. Je pense qu'on a tout ce qu'il faut, dit-il à son collègue.

Tous les deux rangent rapidement leur matériel et se dirigent vers la porte.

— Il est possible qu'on revienne vous poser des questions, d'accord ?

— Oui, bien sûr, dis-je en les raccompagnant jusqu'à la porte. Merci et bonne journée.

— Bonne journée, répondent-ils tous les deux avant de sortir.

J'ai à peine le temps de fermer la porte que mes parents débarquent en courant dans le couloir. Je leur fais tout de suite signe de se détendre.

— Je leur ai dit ce que j'avais à dire, tout va bien. C'est pour Lucas qu'il faut s'inquiéter, pas pour moi.

Malheureusement, ils n'ont pas du tout l'air convaincus.

— Espérons, soupire ma mère.

— Oui. Maintenant, je vais prendre un café chez Sarah, j'ai besoin de me changer les idées.

Ma mère cherche bien quelques prétextes pour me retenir, mais je tiens bon et une dizaine de minutes plus tard, j'arrive chez ma copine.

— Ça va ? Tu tiens le coup ? me demande-t-elle dès que je passe la porte.

— Oui, mais j'ai l'impression de me répéter : c'est pour Lucas qu'il faut se faire du souci. C'est lui qui a disparu…

— Évidemment, mais je pense aussi à toi, réplique Sarah. Ça doit te faire bizarre de te dire qu'il a probablement été tué.

— Tu penses vraiment qu'il est mort ?

Sarah me lance un drôle de regard.

— Je ne le souhaite pas, mais bien sûr que c'est ce que je pense. C'est ce que tout le monde pense en fait. D'après ce qu'a dit son collègue, il n'y avait pas qu'un peu de sang dans l'appartement. Et il est introuvable. Qu'est-ce que tu imaginais, toi ?

— Je ne sais pas. Je crois que je ne voulais rien imaginer du tout.

La jeune femme pose une main sur mon épaule.

— C'est sûr. Je comprends, mais attends-toi à ça. Je suis désolée que tes vacances aient pris une tournure aussi terrible.

Je hoche lentement la tête, un peu sonnée. Je me sens bête. Sarah a raison et je me demande comment j'ai fait pour me voiler la face de cette manière depuis hier soir. Lucas a été tué et son assassin a dû transporter son corps pour l'enterrer ou le cacher loin d'ici. L'idée me provoque une forte nausée et je me relève d'un coup pour courir vers la salle de bain. Je me passe de l'eau froide sur le visage pour essayer de me calmer. Quelle horreur ! Mais pourquoi tuer Lucas ? C'est un garçon si gentil… Tout à coup, je repense à mes parents. Ils ne m'ont jamais dit ce qu'ils avaient contre lui. Peut-être que Lucas s'est fait des ennemis. Peut-être qu'il était impliqué dans des affaires louches. Il faut que j'en parle avec eux, ils ont intérêt à me dire la vérité cette fois !

J'inspire et expire profondément devant le lavabo. Une fois que je suis sûre de me sentir mieux, je retourne dans le salon où Sarah m'attend.

— Je me sens un peu coupable, commence-t-elle. Je t'ai balancé tout ça à la figure sans réaliser que tu n'étais peut-être pas prête.

— Non, tu as bien fait. Je ne comprends pas ce qu'il s'est passé dans ma tête. Tout ça, c'est trop irréel, tu vois ? Je l'ai vu mardi matin, tout allait bien… C'est un cauchemar.

— Ne t'inquiète pas, c'est normal. Tu es sous le choc. Comment ça s'est passé avec la police ?

— Bien, je crois. Je leur ai dit tout ce que je savais.

— J'espère qu'ils ne reviendront pas t'interroger.

— Pourquoi est-ce qu'ils le feraient ? Je ne sais rien de plus.

— Tu as raison, me sourit-elle. Est-ce que tu veux qu'on aille faire un tour pour essayer de te changer les idées ?

Je secoue la tête.

— Non, je vais juste passer à la piscine saluer les filles et rentrer à l'appartement.

— D'accord.

Elle me prend quelques secondes dans les bras.

— Je suis là pour toi si tu as besoin de quoi que ce soit, ok ?

— Merci.

Je finis lentement mon café et ne m'éternise pas chez elle, j'ai hâte de retourner dans ma chambre pour me glisser dans mon lit. Mais avant ça, je file à la piscine. Quand j'arrive, Coralie, Ludivine et Marie sont dans l'eau en train de discuter. Pas grave, je m'installe sur un matelas sans me déshabiller et je les attends en passant en revue les derniers posts sur mon compte Twitter.

— Salut Amy.

Je sursaute. Cette voix, je l'ai toujours en tête : Tom. Il s'approche et s'assoit sur la tablette à côté de mon transat.

— On m'a dit que tu étais liée à cette histoire de disparition, dit-il. Si je peux t'aider d'une manière ou d'une autre, appelle-moi.

Ses paroles me toucheraient si son regard n'était pas si froid.

— Merci. Je vais bien. Je suis juste triste pour Lucas, j'ai du mal à y croire.

— J'espère que tu es bien entourée. Est-ce que tu as parlé avec les gens de son entourage ? Vous devriez vous rassembler pour mettre un peu de pression du côté de la police.

— Je ne connais pas ses amis et je ne me sentirais pas à ma place, je crois.

— Pas à ta place ? Tu sors bien avec lui, non ?

— Non, enfin, on a eu quelques rendez-vous et je devais le revoir ce soir, mais… bref. Je n'étais pas avec lui.

— Je vois, répond-il.

— J'ai du mal à croire que tu te faisais du souci.

— On va dire que c'est un vieux réflexe, lâche-t-il en me faisant un clin d'œil. Bon, les harpies arrivent, je ferais mieux de filer.

Je ne peux pas m'empêcher de retenir un éclat de rire.

— Prends-soin de toi, Amy.

— Merci, toi…

Mais il est déjà parti. Quelques instants plus tard, les filles débarquent autour de mon transat et je fais courageusement face à toutes leurs questions.

Chapitre 11

On frappe à la porte. Je mets quelques instants à émerger et à me redresser sur mon lit. Il doit être à peine sept heures du matin. J'entends mon père se lever pour aller ouvrir. Immédiatement, mon sang se glace. C'est encore la police, ces deux mêmes inspecteurs. Je les entends de ma chambre. Je saute du lit pour enfiler à la va-vite un pantalon et vais à leur rencontre avant que mon père ne s'énerve. J'arrive juste à temps.

— Elle a déjà répondu à vos questions, tonne-t-il. Foutez-lui la paix !

— Ça va, papa. Ils cherchent Lucas, c'est normal, dis-je précipitamment.

— Mademoiselle Huot, commence l'inspecteur Mayer. On vous demande de bien vouloir nous suivre au poste.

— Au poste ? répété-je. Mais pourquoi pas ici ?

— C'est le protocole, répond son collègue.

— Et si elle refuse de vous suivre ? s'énerve mon père. Vous allez l'arrêter ?

Contre toute attente, l'inspecteur Jannet acquiesce.

— Le plus simple c'est de nous suivre, mademoiselle Huot.

Une énorme boule s'est formée dans ma gorge. J'ai mal, j'ai envie de pleurer ou de crier, je ne sais plus. Mais la présence de mon père, qui est lui aussi sur le point d'exploser, m'en empêche. Au lieu de ça, je hoche la tête, enfile mes chaussures et les suis à l'extérieur. Dans la rue, je monte dans leur voiture en ayant la désagréable impression que tous les regards sont braqués sur moi. Le trajet ne dure qu'une dizaine de minutes, et encore. Arrivés au poste, on me conduit dans une salle d'interrogatoire. J'ai encore du mal à saisir ce qu'il m'arrive. Pensent-ils que j'ai quelque chose à voir avec la disparition de Lucas ? Mais pourquoi ? Ça n'a aucun sens…

Je suis seule avec l'inspecteur Mayer et l'inspecteur Jannet, qui met en marche l'appareil qui enregistrera notre échange.

— On ne va pas y aller par quatre chemins, mademoiselle, commence l'inspecteur Jannet. Vous êtes ici parce que vous êtes la dernière personne à avoir vu Lucas et que nous avons trouvé vos empreintes un peu partout chez lui alors que vous nous avez dit n'avoir été dans son appartement qu'une seule fois.

— Mais j'y suis allée qu'une fois ! dis-je. Je vous le jure !

— Si ce n'était qu'une seule fois, vous y avez passé beaucoup de temps et visité un peu toutes les pièces.

— Non, on a fait du café dans la cuisine, c'est tout ! Après on l'a bu sur le balcon et je suis repartie.

— Vous n'êtes jamais allée dans la salle de bain ?

Il me faut quelques secondes pour y repenser.

— Si, je suis allée me rafraîchir un moment. Je revenais de mon jogging. Je vous ai dit ça.

— Il y a quelque chose que vous nous cachez, mademoiselle.

— Il n'y a rien. Je ne sais presque rien de Lucas. Je suis juste passée chez lui ce matin-là parce qu'il m'a invitée et que j'en avais marre de toujours repousser ses invitations.

— Alors il vous harcelait ?

— Non ! Ce n'est pas ce que j'ai dit. C'est juste qu'il voulait sortir avec moi et moi je n'étais pas sûre de ce que je voulais.

L'inspecteur Jannet me lance un drôle de regard.

— Il vous a fait du mal ? Vous avez voulu vous venger, c'est ça ?

— Mais pas du tout. Il a toujours été adorable avec moi !

— Jusqu'à ce matin-là ? lance soudain l'inspecteur Meyer, qui était resté silencieux depuis le début. Ce matin-là, il s'est montré insistant, vous n'avez pas réussi à lui dire non pour ce café, et une fois chez lui il a commencé à aller trop loin… Vous avez attrapé le premier truc qui vous est tombé sous la main et vous l'avez frappé encore et encore. Jusqu'à ce qu'il soit trop tard. Vous avez paniqué, vous vous êtes lavée, peut-être même changée, vous avez été emprunter une voiture, celle de vos parents sans doute, et vous avez attendu la nuit pour déplacer le corps. Où est-ce que vous l'avez mis ?

Je les regarde tous les deux, effarée. Je ne sais plus quoi dire, je vis mon pire cauchemar. Ils ont déjà tout un scénario crédible à faire avaler à un juge. Tout mon monde s'écroule, personne ne pourra me défendre et même si je parle maintenant, ils ne me croiront pas. Mes larmes commencent à couler.

— J'ai juste bu un café… je vous jure… Quand je suis partie, il était bien vivant.

L'inspecteur Mayer se lève, sort de la salle et revient quelques instants plus tard avec un tas de photos qu'il me balance sous le nez. Ce sont des photos de l'appartement de Lucas. Des photos dignes d'un film d'horreur. Il y a une mare brunâtre dans le salon suivie d'une longue traînée qui s'étire jusqu'à la cuisine. C'est horrible. Il y a tellement de sang que j'en ai la nausée. Je comprends pourquoi le collègue de Lucas a tout de suite appelé la police. Lucas n'a pas pu survivre à ça, c'est impossible. Je me remets à pleurer de plus belle.

— Je n'ai pas fait ça, dis-je plus fort. Ce n'est pas moi.

— Mais vous n'avez pas d'alibi pour la soirée. Vos parents étaient au restaurant sur le port, ils sont rentrés tard, on s'est déjà renseigné. Vous étiez toute seule à l'appartement, avec la voiture à disposition.

— J'ai lu. Prenez ma liseuse si vous voulez, je suis sûre qu'il y a un moyen de vérifier mon activité dessus ! Allez-y, faites-le. Et je n'ai pas touché à la voiture, vous pouvez vérifier.

— Pour la voiture, on est déjà en train de le faire.

Je hoche la tête, satisfaite. Ils ne trouveront rien dedans, c'est sûr. Je reprends un peu de courage.

— Alors vous allez voir que vous vous trompez sur moi. Je n'ai rien fait à Lucas.

— Très bien. Nous verrons cela.

Sur ces mots, l'inspecteur Mayer quitte la salle, accompagnée de l'inspecteur Jannet. Je me retrouve seule, sans moyen de communiquer, sur une chaise inconfortable. J'ai froid, je ne me suis pas assez couverte et je n'avais pas pensé que la climatisation serait si forte. En fait, je n'ai pensé à rien en les suivant…

Vidée, je pose la tête sur la table et j'attends. J'attends des heures, je crois. J'ai soif, je meurs de faim et j'ai toujours froid. Au bout d'un moment, quelqu'un m'apporte une bouteille d'eau et un sandwich de pain de mie aux œufs. Malgré la faim qui me tiraille l'estomac, je suis incapable d'avaler plus de deux bouchées. Le temps passe encore. Je me mets à penser à mes parents, avant de très vite repousser leur image de ma tête. Je me demande si les filles sont au courant de ce qui m'arrive. Peut-être que mes parents leur ont dit ? Mais les connaissant, j'en doute. Sarah en aura peut-être entendu parler. Et Tom… Je sens les larmes me monter aux yeux. Est-ce qu'il croira à tout ça, lui ? Il a dit que j'avais beaucoup changé et qu'il ne me connaissait plus, alors peut-être qu'il se laissera convaincre.

Cette pensée me brise encore plus le cœur que l'idée de rester enfermer ici pour le reste de ma vie, enfin presque.

La porte s'ouvre. Je crois que j'étais assoupie sur la table. Je relève la tête et vois l'inspecteur Jannet debout devant moi. Il est accompagné de deux autres policiers. Est-ce qu'ils vont me conduire tout droit en prison sans procès, sans rien ? Non, bien sûr que non. Il faut que je me calme.

— Qu'est-ce qui se passe ?

— Ces deux officiers vont vous ramener chez vous.

— Chez moi ?

L'inspecteur Jannet acquiesce.

— Oui, chez vous. Mais vous n'avez pas le droit de quitter la région, vous devez vous tenir à notre disposition.

— Vous avez fouillé ma liseuse ?

En prononçant ces mots, je me rends compte de la naïveté de ma question.

— Pour le moment, nous n'avons plus de questions à vous poser, répond tout de même l'inspecteur.

J'accepte cette réponse et m'empresse de les suivre. Comme je n'avais rien sur moi à mon arrivée, je n'ai rien à récupérer. Après un trajet qui s'éternise à cause des bouchons de fin de journée (parce que je viens de voir qu'il est près de dix-huit heures) j'arrive enfin en bas de la résidence. Je file sonner à l'interphone sans demander mon reste.

Quand je me retrouve devant mes parents, je leur tombe dans les bras et éclate en sanglots. Je leur explique brièvement ce que la police soupçonne, mais je refuse de m'étaler. Je n'ai plus la force de parler de ça et je sais que moins ils en savent et mieux ce sera pour eux. J'imagine qu'ils se sont déjà fait un sang d'encre toute la journée.

Comme je ne peux toujours rien avaler, je ne mets pas à table et préfère aller prendre une longue douche. En ressortant, je récupère mon téléphone posé sur la table de chevet de ma chambre. J'ai à peu près mille notifications, appels en absence ou SMS... Je prends mon courage à deux mains et décide d'envoyer juste un message groupé aux filles. Je les préviens aussi que je ne leur répondrai sans doute pas avant le lendemain. J'ai besoin d'être seule pour faire le tri dans ma tête. Il n'est pas encore vingt heures quand je sombre dans un profond sommeil, étalée sur mon lit.

J'ouvre les yeux deux heures plus tard. L'appartement est calme, je crois que mes parents sont au lit. Je jette un coup d'œil à mon téléphone : encore une tonne de messages... je le repose. Je pourrais lire ? Non, pas envie. Regarder une série ? Non plus. Je n'arrive pas à croire à ce qui est en train de m'arriver et toutes mes pensées me semblent paralysées, comme bloquées sur tout ça : sur Lucas, sur les enquêteurs et sur tous ces pourquoi qui ne trouvent aucune réponse. Je ne peux pas imaginer que Lucas soit mort. Malgré tout ce qu'on m'a dit, malgré les preuves, je ne peux pas. Ça me paraît impossible, injuste, inacceptable. On ne sortait pas officiellement ensemble, et je ne sais même pas ce que je ressens pour lui, mais ça me fait trop mal de penser qu'il a été assassiné.

Je sais ce que j'ai envie de faire : il faut que je sorte prendre l'air, que j'aille marcher au bord de l'eau et que je me force à passer à autre chose, même si ce n'est que pour ce soir. Vêtue d'un pantalon de yoga, d'un t-shirt et d'un gilet léger, je sors discrètement de l'appartement. Cette fois, j'ai mes clés, je n'aurai pas besoin de sonner pour revenir. Dans ce port toujours animé, je déambule parmi les touristes. Je sais très bien où mes pas me guident : vers la plage. Quoi qu'il arrive, je me retrouve toujours sur cette plage l'été. La retrouver est comme un réflexe, elle me ramène vers une autre époque, à un moment de ma vie où tout était plus simple.

J'avance à la pâle lueur des lampadaires. J'avance sur le petit chemin bordé de pins qui longe le dernier bâtiment de ce complexe et qui mène directement à la mer. Mes pieds roulent sur les galets quand je descends la plage, et je continue jusqu'à la jetée, comme si je savais ce que j'allais y trouver.

Tom est là, assis sur les rochers. J'ai envie de me pincer tant j'ai du mal à croire que je ne suis pas en train de rêver, la bouche ouverte contre mon matelas. Mais apparemment, je suis bien éveillée et Tom se relève en me voyant arriver. Il a l'air aussi surpris que moi de me trouver là.

— Tu vas bien ? me demande-t-il tout de suite.

Et je vois dans ses yeux qu'il sait tout. Je ne sais pas qui lui a dit, j'imagine que ce doit être Sarah. Le fait est qu'il sait de quoi on me soupçonne.

— Je ne sais pas. Je crois que non, dis-je.

Il fait alors un pas vers moi et me prend dans ses bras. Je ne comprends pas ce qu'il se passe, mais je me laisse aller contre lui. Je refuse de me poser de questions.

Je ne sais pas combien de temps je reste là, contre son épaule, les yeux fermés, sans bouger. Sa voix me tire du songe dans lequel j'étais plongée.

— Dans quoi tu t'es fourrée, Amy ? Qu'est-ce que la police te veut ?

— Mais je n'en sais rien ! Tu crois que j'y comprends quelque chose ? Tout va de travers cet été, et avec toi ici, c'est la goutte d'eau. J'aimerais juste pouvoir m'en aller, ou revenir en arrière, et...

Un sanglot m'empêche de continuer. Pourquoi je lui dis tout ça ? Je sais pourquoi, parce qu'au fond de moi je crois que sa présence me bouleverse encore plus que tout ce qu'il m'est arrivé ces dernières quarante-huit heures.

— Allons chez moi, ok ? se contente-t-il de répondre.

— D'accord.

Il me prend par la main et m'emmène avec lui. Je ne sais même pas où il habite, mais je découvre vite qu'il est dans le même bâtiment que Sarah. En un clin d'œil, je me retrouve dans un deux-pièces, immaculé, qui donne sur la mer.

— Assieds-toi, me dit-il. Je vais te faire un thé.

Le regard sans doute hagard et rougi de larmes, je m'installe sur le canapé noir et j'écoute les bruits qui viennent de la cuisine. Tom ouvre un placard, et fait couler de l'eau. J'entends le bruit de la bouilloire, des petites cuillères qui touillent dans nos tasses. Il revient alors et dépose un plateau devant moi : deux mugs d'Earl Grey et un paquet de mes biscuits préférés orange chocolat ; il s'en souvient. J'en attrape un d'une main hésitante et je me rends compte que j'ai atrocement faim.

— On m'a prêté l'appart, explique-t-il alors que je ne lui ai encore rien demandé. Il appartient à d'anciens amis de mes parents, qui viennent juste quelques mois par an.

Je hoche la tête sans perdre de vue l'absurdité de la situation.

— Je ne comprends pas ce que je fais là.

Tom relève les yeux vers moi, comme s'il s'était attendu à cette question.

— Je crois qu'on est deux, lâche-t-il.

Je me redresse tout de suite, prête à partir.

— C'est toi qui m'as amenée ici.

Il relève la tête vers moi et se contente de dire :

— Reste -là. Je voulais dire que c'est juste inattendu, c'est tout.

— Ça, c'est clair…

Je crois que je n'ai pas réussi à masquer l'amertume dans le ton de ma voix.

— Tu peux m'expliquer, pour ce type qui a disparu ? reprend Thomas.

— Si tu veux, mais je te préviens, il n'y a pas grand-chose à expliquer. Je l'ai rencontré au début de l'été, un soir. On est sorti ensemble quelques fois et tout se passait bien. Visiblement, je suis la dernière à l'avoir vu en vie, et mes empreintes sont chez lui, et... En fait, je ne sais pas pourquoi on me soupçonne. Les deux policiers qui m'ont interrogée avaient l'air de penser que Lucas m'avait agressée et que je l'avais tué pour me défendre.

Tom a le regard dur et le visage impassible. Est-ce qu'il me croit coupable lui aussi ?

— Ils ont dit qu'ils étaient en train d'examiner la voiture de mes parents. C'est sans doute une bonne chose pour moi, puisque je n'ai rien fait, donc ils ne trouveront rien et j'espère qu'ils chercheront un autre coupable.

J'ose à peine relever les yeux vers Tom, mais je le vois hocher la tête sans rien dire. J'ai l'impression qu'il attend quelque chose et son silence me pousse à continuer à parler.

— J'ai peur. Moi non plus je n'y comprends rien. Et il y a cette histoire avec mes parents...

— Quelle histoire ? me demande-t-il brusquement.

Sa réaction m'inquiète encore plus.

— Quelques jours avant la disparition de Lucas, ils m'ont demandé de ne plus le voir.

— De quoi ? s'exclame-t-il.

— C'est exactement comme ça que j'ai réagi. Surtout qu'ils ne veulent pas me dire ce qu'ils ont contre lui, même maintenant.

— Tu en as parlé à la police ?

— Non ! Qu'est-ce que j'aurais pu leur dire ?

— Fais-le.

— Mais pourquoi ?

— Ce n'est pas évident ? Ils vont finir par apprendre quelque chose et tu auras l'air encore plus suspecte si tu ne leur en parles pas tout de suite.

— Attends, attends. Mes parents n'ont rien à voir avec la disparition de Lucas ! Si je parle de ça aux enquêteurs, j'aurais l'air de les accuser !

— Comment tu peux être sûre qu'ils ne sont pas liés à cette histoire ?

— Je les connais ! Et tu les connais aussi d'ailleurs. Ils ne feraient jamais de mal à quelqu'un.

Tom me lance alors un regard difficile à interpréter.

— Tu n'es pas un peu vieille pour croire encore que les parents n'ont pas de secrets ?

— Ne me prends pas pour une imbécile, je n'ai jamais dit ça. Mais il y a une différence entre avoir des secrets et buter quelqu'un, putain ! Et tu crois qu'en plus ils me laisseraient être accusée à leur place ?

— Sur ce dernier point, j'avoue que non, soupire-t-il.

— Et toi ?

— Quoi, moi ? reprend-il en relevant la tête.

Le regard qu'il me lance fait battre mon cœur plus vite. Pourquoi faut-il qu'il ait encore cet effet là sur moi ?

— Est-ce que je devrais parler de ton retour étrange dans ma vie, quelques jours avant que mon potentiel petit ami disparaisse ?

Thomas acquiesce.

— Je fais un bon suspect. Dis-leur ce qui te chante.

— Je ne veux pas qu'ils viennent t'interroger.

— Pourquoi pas ? Je serai mis hors de cause et tu n'auras pas à douter de moi.

— Je ne doute pas de toi à ce sujet, Tom.

— Comme pour tes parents, tu ne devrais pas te montrer si naïve et me faire confiance juste à cause de notre passé.

Son commentaire passe mal.

— Tu veux me faire peur ?

— Non, je n'ai rien fait à Lucas.

— Alors pourquoi tu me dis ça ? Ça te fait vraiment plaisir de me torturer ? Ça ne te suffisait pas de revenir dans ma vie après m'avoir larguée sans explication ?

Ça y est. Je remets le sujet sur le tapis alors que je m'étais dit que je garderais ça pour moi ce soir. Visiblement, c'est trop difficile, c'est sorti vraiment tout seul. À côté de moi, Tom reste impassible, au point où je me demande si je n'ai pas imaginé ce qui vient de sortir de ma bouche.

— Je ne l'ai pas fait dans ce but.

— Alors, explique-moi. S'il te plaît, ma vie est déjà suffisamment merdique en ce moment. J'ai besoin de comprendre ce que j'ai pu te faire pour que tu me quittes, comme ça. Et surtout, ce que tu fais ici.

— Je te l'ai déjà dit, lâche-t-il. Tu ne m'as rien fait. Ce n'était pas toi le problème.

— Mais c'était quoi le problème ? dis-je en recommençant à perdre mon calme.

Son regard devient distant.

— Laisse tomber ce sujet. On en a déjà parlé et tu as vu comment ça s'est fini ?

— C'est quoi cette réponse ? Tu vas encore te défiler.

Il se relève presque d'un bond et pendant un instant j'ai l'impression qu'il va me foutre dehors. Au lieu de ça, il attrape son téléphone et allume les haut-parleurs posés sur la table basse. Un instant plus tard, je reconnais les premières notes d'*Anesthetize* de Porcupine Tree, une chanson que j'ai souvent réécoutée tant elle me rappelait mon adolescence avec Tom. Sans rien dire, il me sert un verre de vin. Je crois qu'on va oublier le thé.

— Je ne veux pas te parler de mon passé, m'avoue-t-il après un moment. C'est un sujet que je ne veux pas aborder. Tu es libre de me détester pour ça ; tu aurais sans doute raison.

— C'est trop facile de dire ce genre de choses. C'est juste une autre porte de sortie pour toi.

Et pourtant, je reste là, mon verre à la main. Tom ne dit plus rien, il semble perdu dans ses pensées, ou dans les paroles de Steven Wilson, je ne sais pas. J'attends que la chanson s'achève pour reprendre la parole.

— Comment tu as su que je sortais avec Lucas ?

— J'ai croisé Sarah et elle me l'a dit.

— Quoi ?

Cette traîtresse, mais qu'est-ce qu'elle me fait ? Qu'est-ce qu'elle a pu lui dire d'autre ?

— Tu n'étais pas au courant ? Je pense que ça devient une habitude chez tes copines. J'imagine qu'elles se font du souci pour toi.

— Qu'est-ce que tu veux dire ? Qui t'a parlé ? Marie aussi ?

Je vais les tuer ! Je n'arrive pas à y croire ! Mais Tom lève une main, le regard dur.

— Non, oublie ce que j'ai dit. Ce n'est rien. On s'est juste croisé.

— Je tirerai ça au clair avec elles, je n'ai pas besoin d'intermédiaires, et si tu veux savoir quelque chose, tu peux venir me parler directement.

— Je n'ai pas de questions, répond-il. C'est toi qui n'arrêtes pas de me tomber dessus.

— C'est toujours par hasard ! Et tu m'as invitée à venir chez toi, non ?

— Je n'allais pas te laisser toute seule dehors.

Pendant un instant, la musique reprend le dessus sur notre échange stérile. Je n'arrive pas à lui parler, je suis trop en colère contre lui pour parvenir à communiquer correctement. Et je ne sais toujours pas pourquoi je l'ai suivi jusqu'ici. Enfin si, je sais, et je me trouve vraiment pathétique.

— J'avais envie de te voir, dit-il après un moment. Et de t'aider.

Est-ce que j'ai bien entendu ?

— Je ne suis pas sûre que tu puisses faire quoi que ce soit pour moi, dis-je de manière détachée.

— Laisse-moi essayer.

Et soudain, comme par magie, sa voix devient douce, son ton presque tendre. C'est à n'y rien comprendre ! Mais je garde mon sang-froid, il le faut.

— Pourquoi tu ferais ça ?

Il me lance un regard pénétrant que je n'ai aucun problème à soutenir, malgré l'état dans lequel je me trouve à cet instant précis. Je crois que j'ai atteint un nouveau seuil de désespoir entre le meurtre de Lucas, les accusations de la police et le fait de me retrouver face à un Thomas qui m'est complètement étranger.

— Est-ce que tu l'aimais ?

— En quoi ça te regarde ?

Il acquiesce.

— Tu as raison, me répond-il sans aucune animosité.

Je suis désarmée, je passe d'un sentiment à un autre sans pouvoir me contrôler. J'ai à la fois envie de lui crier dessus et de me jeter dans ses bras.

— Tom, je le connaissais depuis trois semaines. Je l'aimais bien, voilà. Ça faisait vraiment longtemps que je n'étais pas sortie avec quelqu'un, et ça se passait bien avec lui.

— Tu lui faisais confiance ?

Je hoche la tête.

— Oui. Ou, si tu préfères, je n'avais aucune raison de ne pas lui faire confiance, tu vois ?

Il a l'air de comprendre et ne me demande rien de plus. Je profite de cet instant de flottement pour reprendre mes esprits. Il est tard, il vaut mieux que je parte.

— Je te tiendrai au courant, dis-je en me relevant. En attendant, je rentre.

— Je te raccompagne, ajoute-t-il en attrapant sa veste.

Je n'ai ni la force ni l'envie de refuser sa proposition. À vrai dire, je voudrais rester avec lui toute la nuit, ici sur son canapé, à écouter cette musique qui me propulse dans notre passé. Et malgré toute ma colère, je me rends compte qu'il reste le seul dont la présence parvient me rassurer.

Dans la rue, la fraîcheur de la nuit me ramène à la réalité. Les restaurants et les bars sont en train de fermer et les rues se sont vidées. Je ne peux pas m'empêcher de me dire qu'il y a quelques soirs, je marchais sur le port en tenant la main de

Lucas et j'ai du mal à retenir mes larmes. Qu'est-ce qui a pu lui arriver ? Et pourquoi est-ce que la police m'accuse, moi ? C'est incompréhensible… C'est absurde.

— C'est ici, non ? me demande Tom.

Je réalise qu'on vient d'arriver en bas de l'immeuble.
— Oui, merci. Bonne nuit.

Il me salue d'un signe de tête et s'en va. Moi, je reste là, plus perdue que jamais. Je me demande ce qu'il pense de tout ça… et je ne le saurai sans doute jamais.

Chapitre 12

J'arrive à la piscine à l'ouverture, après avoir dormi cinq heures d'un sommeil agité, dans lequel toutes mes angoisses se sont déversées. En me réveillant, je n'avais qu'une idée en tête : aller voir mes copines pour leur tirer les vers du nez. Quant à Lucas et à mes parents, je me garde ça pour ce soir.

Je suis la première arrivée, mais heureusement, je n'ai pas longtemps à atteindre avant de les voir toutes débarquer, Coralie en tête, qui avance vers moi avec la démarche d'une actrice tout droit sortie d'une comédie pour ado des années 90.

— Amy ! Mais tu es déjà là ? me lance-t-elle. Est-ce que ça va, ma chérie ? Ça a dû être horrible hier, on était morte d'inquiétude !

— C'était horrible, ouais.

Je ne suis pas d'humeur à faire la conversation, et encore moins à leur raconter en détail ce que j'ai vécu au poste de police.

— J'espère qu'ils ne reviendront pas t'interroger, soupire Marie. Tu as un avocat ? Ta mère ne nous a rien dit.

— Pas encore.

— Tu es sûre que tu veux rester ici, Amy ? me demande Sarah. Tu n'as pas l'air en forme.

— Évidemment qu'elle n'est pas en forme, on l'accuse de meurtre quand même ! s'exclame Ludi.

— Je ne suis pas encore accusée.

Je sens que si je n'interviens pas je vais avoir le droit à une de leurs disputes, alors je lève tout de suite une main avant même que Sarah puisse répondre. Il est temps d'aborder le sujet qui m'a amenée ici ce matin.

— Qui a été parler à Tom à ma place ?

J'ai l'impression d'avoir lâché une bombe. Pendant un instant, personne n'ose répondre. C'est finalement Marie qui prend la parole.

— Comment ça ? demande-t-elle.

— Je sais que l'une d'entre vous a parlé à Tom. Je veux savoir pourquoi et ce qui a été dit.

— Je l'ai croisé hier, avoue Sarah. Je lui ai dit ce qu'il t'arrivait. C'est ça qui te gêne ?

Je secoue fermement la tête.

— Il y a autre chose.

Elles se regardent toutes et je sens qu'elles me cachent quelque chose.

— Ok, je lui ai aussi parlé un autre jour. Dès que tu nous as dit qu'il était ici, on a voulu le chercher pour voir ce qu'il te voulait, continue Sarah.

— Qui ça, « on » ? s'exclame Marie avant moi.

— Coralie, Sarah et moi, répond Ludivine.

— Hein ? Mais vous êtes folles ! Qu'est-ce que tu lui as dit, Sarah ?

— Rien de spécial… Juste que tu sortais avec Lucas depuis pas longtemps et que ce serait sympa de sa part s'il pouvait ne pas s'en mêler.

J'hallucine…

— Mais pourquoi tu as fait ça ? Qu'est-ce qui vous est passé par la tête à toutes les trois ? Je ne vous ai rien demandé !

— On s'inquiétait pour toi, me répond Sarah.

— Tu t'inquiétais alors que tu n'arrêtais pas de m'encourager à lui parler ? C'est n'importe quoi ! Ou alors c'était dans tes plans ?

— Tu faisais quoi ? reprend Ludivine en se retournant vers Sarah.

— Oh, calmez-vous, répond Sarah. Déjà Amy, j'ai juste mis Thomas au courant de ta situation. Et ensuite, une fois que tu l'as revu plusieurs fois, je me suis rendu compte que tu étais vraiment toujours très attachée à lui, c'est pour ça que je voulais que tu continues à lui parler. Ça allait peut-être te permettre de tirer un trait sur lui.

— Mais tu as fait ça dans mon dos. Vous avez toutes fait ça dans mon dos. Qui d'autre lui a parlé ?

Mon regard passe sur toutes mes copines. Seule Marie a l'air aussi choquée que moi. Les autres n'ont même pas l'air de se sentir coupables.

— Je lui ai parlé l'an dernier, lâche soudain Ludivine.

La nouvelle me cloue sur place.

— De quoi ?

— L'été dernier. Il était ici.

Ça, je le sais, puisqu'il me l'a dit, mais j'ai peur de ce qui risque de suivre.

— Qu'est-ce que…

— Je lui ai dit de te foutre la paix et qu'il n'avait pas intérêt à s'approcher de toi ! Je lui ai dit que tu avais quelqu'un depuis plusieurs années et que tu n'avais pas besoin de lui dans ta vie, qu'il s'était comporté comme le dernier des connards, que ça nous a pris des années pour t'aider à remonter la pente et que tu le détestais. Voilà. Mais on dirait que ça ne l'a pas empêché de revenir encore cet été.

— C'est pas possible. C'est pas possible.

Je n'entends plus rien. J'ai tellement mal que je n'arrive même pas à pleurer. Comment elles ont pu me faire ça ? Mes seules vraies amies m'ont trahie de la pire des manières. Elles savent toutes à quel point le sujet de Tom a toujours été délicat, et… et elles sont allées lui parler dans mon dos pour l'éloigner encore plus de moi. Mais pourquoi ?

— On voulait éviter ça, se justifie Coralie. On ne voulait pas qu'il vienne tout foutre en l'air.

— Mais de quel droit ?

Je me relève. Ma tête tourne, je n'ai rien mangé depuis la veille et j'ai la nausée.

— Parce qu'on t'aime et qu'on avait peur pour toi, continue Coralie. Ludivine y est sans doute allée un peu fort, mais c'était pour te protéger.

— Je ne veux même pas continuer cette conversation. Je veux juste rentrer chez moi.

J'attrape mon sac et m'enfuis sans un regard vers elles. Je crois que j'ai laissé ma serviette et je m'en moque. Je me retrouve dans la rue, les larmes aux yeux, et tremblante de rage. Je ne comprends pas qu'elles aient osé prendre une telle décision à ma place… Ça en dit long sur ce qu'elles pensent toutes de moi. Elles m'estiment incapable de faire mes propres choix, d'agir de manière posée et rationnelle. Je n'en peux plus, ces derniers jours ont vraiment été horribles et j'ai peur de ce que le futur me réserve encore.

Je déambule un moment le long du port, le temps de retrouver mes esprits. Je finis par entrer dans un café pour m'asseoir et manger quelque chose. Je n'ai pas envie de voir mes parents, qui seront sans doute encore à l'appart. Ils risquent de s'inquiéter et je ne veux pas leur expliquer tout ça : ni le retour de Tom, ni ce que les filles ont fait, et j'ai encore moins envie de leur poser des questions sur Lucas parce que ne suis pas sûre d'avoir le courage d'entendre les réponses.

Je finis par sortir mon téléphone pour écrire un message plutôt court à mes copines. Je vais prendre mes distances, je n'ai pas le choix, j'éviterai désormais la piscine. Elles m'ont tellement déçue… Je me demande ce que Marie pense de tout ça. Les autres l'ont sans doute exclue de leur plan par crainte que Marie ne s'y oppose. Je soupire et envoie un second message juste à Marie pour lui dire que j'ai compris qu'elle n'avait rien à voir avec ça, mais que j'ai tout de même besoin d'être seule pour le moment. Voilà, c'est fait.

Je finis mon café et mange la moitié de mon pan-bagnat. Seule, je suis vraiment seule, mais je n'ai pas fini de régler mes comptes. Il faut que je retourne chez Tom.

Est-ce que tu es chez toi ?

Je tape mon message et l'envoie sans réfléchir. Les minutes s'écoulent lentement. J'attends. Je ne sais pas s'il va me répondre vu ce qu'on se balance à la tête à chaque fois qu'on se croise.

Oui

Je lui réponds en moins de trois secondes.

J'arrive

Qu'il le veuille ou non, une dizaine de minutes plus tard, je sonne à l'interphone et il descend m'ouvrir, les cheveux encore en bataille, comme s'il venait de se lever.

— Qu'est-ce qui se passe ? me demande-t-il dès que je me retrouve face à lui.

— Je sais que Ludivine et Sarah t'ont parlé.

— Ah, ouais… dit-il en m'ouvrant la porte de l'ascenseur. Si ça peut te rassurer, je n'ai pas vraiment pris au sérieux tout ce qu'elles m'ont dit. Mais j'imagine que dans l'ensemble, elles n'avaient pas tort.

Son ton est tellement détaché, j'ai envie de le gifler pour le sortir de cette espèce d'état second dans lequel il semble être. Au lieu de ça, je ne dis tout simplement rien. J'attends qu'on arrive à son étage et je le suis dans son appartement impeccablement rangé pour m'écrouler dans un fauteuil.

— Tu veux boire quelque chose ?

— Non merci.

Mon regard passe sur l'ordinateur et la pile de papiers posés sur la table à manger. Est-ce qu'il travaillait ? Je ne lui ai pas demandé ce qu'il faisait dans la vie. Peut-être qu'il n'est pas vraiment en vacances, je ne l'ai jamais vu dehors en journée. En me voyant regarder son écran, il ramasse ses affaires et range son ordinateur dans un sac posé sur la chaise d'en face.

— Tu ne veux rien manger ?

Je lui fais signe que non. En chemin, je crois que j'ai perdu un peu de ma détermination. Je m'étais pourtant imaginé toute la conversation : comment je serais arrivée dans son appartement en exigeant à nouveau des réponses, comment il aurait résisté à mes questions, avant de finalement céder, au bout d'une longue discussion… Mais je n'ai pas la force de me lancer là-dedans. Je sais ce que je veux lui dire. Je vais le faire et rentrer affronter mes parents. C'était ça le plan de départ, non ?

— J'ai quelques vérités à rétablir.

Il me lance un regard amusé qui me fait rougir malgré moi. C'est si drôle ce que j'ai dit ? Il s'assoit sur le canapé et se redresse, comme s'il attendait la suite.

— L'an dernier, j'étais célibataire et je ne te détestais pas. Ludivine a tout inventé, et si c'est pour ça que tu n'es pas venu me parler… Enfin, ce que je veux dire, c'est que c'était faux. Et Sarah qui te dit de me laisser une chance avec Lucas, c'était bête aussi. Ce n'est pas du tout ce que je voulais, et je ne sais même pas pourquoi elle t'a dit ça alors qu'elle me poussait à te parler.

— Je m'en fous de ça. Je te l'ai dit, je ne les ai pas vraiment crues. Ce n'est pas pour ça que j'ai gardé mes distances.

— Pourquoi alors ?

— Parce que dans le fond, elles avaient raison.

Il me dit ça d'un ton si froid que j'ai encore une fois envie de le secouer. Je suis sur le point d'exploser.

— Est-ce que vous pouvez tous arrêter de prendre des décisions à ma place ? Non, elles n'avaient pas raison, peu importe ce qu'elles t'ont dit. Je préfère qu'on soit là, toi et moi, à s'engueuler, plutôt que de savoir que tu as cherché à m'éviter l'an dernier, et…

Je cherche mes mots, et finis par abandonner. Ce serait trop, et trop tôt. Aujourd'hui, il n'y a plus de musique pour combler nos silences. J'entends juste les battements précipités de mon cœur et son souffle en face de moi. Il ne me répondra pas. Il faut que je prenne sur moi et que je m'en aille. Mais je continue.

— J'ai compris que tu ne me diras rien. Il ne me reste plus qu'à retourner chez moi pour essayer une nouvelle fois de t'oublier. Peut-être que je devrais laisser tomber cet endroit et aller passer mes vacances ailleurs pour vraiment tourner la page… Une partie de moi a toujours espéré ça, que tu reviennes un jour ici. Et maintenant, tu es là, en face de moi, et tu refuses de me parler. Il est temps que je me réveille. Je ne sais pas si Ludivine a raison et si tu te fous de moi, mais je suis en train d'ouvrir les yeux sur ce que je m'inflige à moi-même. Regarde, là encore, j'espérais qu'en venant te voir et en te disant que les filles t'avaient raconté n'importe quoi, ça te ferait changer d'avis. Mais au lieu de ça, je suis là, à parler toute seule, sans pouvoir m'arrêter…

Ma voix se brise et je me cache entre mes mains. Je sais que dès que je quitterai cet appartement, ce sera terminé. Je suis incapable de bouger, terrorisée de l'intérieur. Je ne veux pas abandonner, et pourtant, il le faut, j'en ai la preuve devant moi.

Mais je sens soudain ses mains écarter les miennes. Je résiste un instant, avant d'accepter qu'il me voie ainsi. Pourquoi est-ce qu'il fait ça ? Pour me redonner espoir ? Pourquoi ? Je lève les yeux vers lui. Il tient toujours mes mains entre les siennes, à genoux devant mon fauteuil. Pendant une fraction de seconde, je reconnais le Tom de mon passé, et je me jette dans ses bras.

— Tom !

Je ne retiens pas mes larmes, je sais qu'il est encore là, quelque part, dans cette grosse coquille vide. Mais pourquoi c'est si difficile de le retrouver ?

Je ne sais pas combien de temps je reste comme ça, contre lui. Il a déplacé ses mains sur mon dos et me serre fort lui aussi. Je n'ose pas bouger de peur qu'il regrette son geste.

— Pourquoi tu es revenu ?

Les mots m'ont échappé, peut-être parce que c'était le moment ou jamais.

— Pour toi.

C'est impossible. Je recule pour le regarder. Il a l'air abattu et j'ai du mal à interpréter son expression.

— Explique-moi, Tom.

— Je ne sais pas par où commencer, répond-il en se relevant.

— Dis-moi juste ce qu'il s'est passé il y a huit ans. Qu'est-ce qu'il t'est arrivé pour que tu changes à ce point ?

— C'est juste la réalité qui m'a rattrapé, commence-t-il. Je me suis battu avec mon père pour venir faire mes études à Lyon, comme on avait prévu toi et moi. Je me suis comporté comme un sale gamin.

— Je ne comprends pas, ce que…

— L'entreprise de mon père était en train de faire faillite, et quand je lui ai dit que je voulais partir en France pour mes études, il s'y est opposé, sans m'avouer la vérité. Alors, j'ai continué à insister, j'étais en guerre contre lui, tous les jours. Au point de foutre en l'air mon année scolaire.

Je le regarde sans comprendre, pourquoi m'a-t-il caché tout ça à l'époque ? Je croyais qu'on se disait tout.

— Est-ce que tes parents t'ont forcé à rompre ?

Il secoue la tête.

— Non, lâche-t-il, sans explication.

— Je t'écoute, continue.

Je le vois hésiter, mais il finit par reprendre :

— Un soir, on s'est pris la tête mon père et moi, c'était pire que les autres fois. Il est parti de la maison, et le lendemain, c'est la police qui nous a appelés. Il a essayé de se foutre en l'air. C'est là que j'ai fini par comprendre ce qu'il se passait vraiment. C'est ce jour-là que je t'ai envoyé ce message.

— Et après ?

— Mon père a perdu l'entreprise, on a dû vendre la maison. Ma sœur et moi, on a changé d'école. J'ai pris un petit boulot pour aider ma mère, qui s'occupait de lui. Ça ne devait pas durer, on pensait qu'il finirait par aller mieux, mais ça ne s'est pas passé comme ça. Un an plus tard, il a recommencé et il est mort.

Je le regarde avec de grands yeux sans retenir mes larmes. Je n'arrive pas à croire qu'il ait gardé tout ça pour lui.

— À ce moment-là, mes parents s'étaient déjà coupés de la plupart de leurs amis, et ma mère était bien trop fière pour demander de l'aide de toute façon. J'ai laissé tomber l'idée de faire des études, donc j'ai pris un travail à temps plein. C'est tout.

Je commence à comprendre, mais ses explications ne suffisent pas. Il manque quelque chose.

— Tom, pourquoi tu ne m'as rien dit ? J'aurais compris, j'aurais été là pour toi.

— Parce que c'était de ma faute. Si j'avais été moins con, j'aurais vu que tout allait mal autour de moi. Je n'aurais pas exigé des études qui coûtaient des milliers d'euros et mis la pression sur mes parents. Si j'avais pu accepter que toi et moi, on était qu'un couple d'ados, une histoire de vacances, rien ne serait arrivé.

— Personne ne peut savoir ça.

— Ouais, personne ne peut savoir ce qui se serait passé, mais je me suis comporté comme un sale gamin, ça ne change rien.

— Alors tu t'es puni en m'excluant de ta vie ? Tu nous as puni tous les deux, en fait.

— Ne dis pas ça, dit-il sans me lâcher des yeux. Ce n'était pas comme ça.

— Ah oui ? C'était quoi le but, alors ?

— De te laisser une chance. De pas t'entraîner dans toute cette merde avec moi.

Les battements de mon cœur ralentissent. Je prends un coup sur la tête.

— Mais tu aurais pu revenir plus tôt ! Pourquoi tu m'as laissée comme ça ? Pourquoi tu ne m'as pas dit la vérité ?

— Amy…

J'ai l'impression qu'il est sur le point de craquer. De grosses larmes coulent le long de mes joues. Je dois savoir. Je m'approche de lui et j'attrape sa main.

— Réfléchis, j'ai fait la seule chose que je pouvais faire. Après la première tentative de suicide, j'étais incapable d'imaginer te rejoindre à Lyon. Et comme je ne croyais pas du tout à une relation longue distance, je t'ai envoyé ce message de rupture. Je pensais avoir été clair, pour pas que tu penses que c'était de ta faute, mais je me suis planté.

Je suis livide. J'ai du mal à respirer, mes pensées se bousculent et j'ai envie de crier sans savoir sur qui.

— Mais après ? dis-je en reprenant mes esprits. Pourquoi tu n'es pas revenu ?

— J'ai pris de tes nouvelles plusieurs fois. J'ai vu que tu étais en couple pendant tes études et j'ai laissé tomber. Je ne me voyais pas débarquer à Lyon pour bouleverser ta vie. Quels droits j'avais de faire ça ?

— Pourtant tu l'as fait cet été. Et tu étais là aussi l'été dernier.

— Qu'est-ce que tu veux que je te dise ? Je suis faible. Je voulais voir ce que tu devenais, voir si tu avais tourné la page. Mais, tu ne m'as pas reconnu et Ludivine m'est tombé dessus, donc je ne suis pas resté.

— Et pourquoi tu es là maintenant ?

— Parce que j'ai fini par regretter de ne rien avoir tenté. Et puis…

Il s'interrompt, comme s'il cherchait ses mots. Je le lève pour aller chercher un mouchoir dans la salle de bain. J'ai l'impression d'avoir basculé dans un autre monde. Quand je reviens m'assoir en face de lui, j'ai encore la voix tremblante.

— J'essaie de te comprendre, je te jure que j'essaie.

— Je ne te le demande même pas.

— Tu aurais pu faire autrement, dis-je.

— Tu crois vraiment ? Tu penses que j'aurais dû laisser ma famille se démerder et venir à Lyon avec toi ? Ou te dire que je ne pouvais pas faire d'études pour qu'on se lance dans une relation longue distance où on aurait été en décalage complet, jusqu'à ce que ça se termine mal ? Est-ce qu'il y a une solution là-dedans qui te paraît acceptable ? Parce qu'aucune ne l'était pour moi. À ce moment-là, j'ai cru qu'en cassant, je nous laissais une chance de repartir à zéro.

— Et ça nous a réussi, on dirait, dis-je sans masquer mon ironie.

— Si tu avais su la vérité, tu n'aurais jamais rompu avec moi, tu m'aurais traîné comme un boulet tout le long de tes études. Et je n'aurais jamais eu le moindre centime pour venir te voir. Je ne voulais pas t'imposer ça.

Alors c'était vraiment pour m'épargner ? Je ne sais même pas quoi en penser, je suis entre la colère et le soulagement. Je me relève et m'avance vers la baie vitrée. Je ne sais plus quelle heure il est, j'ai l'impression d'être ici depuis des heures.

— Ça n'explique pas pourquoi tu t'es comporté de manière si étrange depuis que tu es ici. Pourquoi ne pas m'avoir dit tout ça dès le départ ? À quoi tu jouais exactement ?

— Ça m'a fait chier d'apprendre que tu sortais avec quelqu'un. J'ai eu l'impression que je tombais encore au mauvais moment, comme pendant tes études.

— Sérieux ? Tu étais jaloux ?

— Frustré, c'est tout. J'ai toujours hésité à te recontacter parce que j'avais peur de ta réaction. Je t'ai quittée en espérant que tu pourrais m'oublier, alors revenir, c'est une idée égoïste, j'en suis conscient.

Cette fois, je crois qu'il m'a tout dit. Est-ce que je me sens mieux pour autant ? Pas du tout.

— D'accord. Je ferais mieux d'y aller.

— Reste, dit Thomas derrière moi.

— Pourquoi ?

Merde, je pleure à nouveau à grosses larmes. J'essuie mes joues d'un geste rapide avant de me retourner vers lui.

— Pourquoi je resterais ? répété-je.

— Parce que j'ai besoin de toi.

Il franchit le dernier obstacle qui nous sépare et prend mon visage entre ses mains. Je me hisse sur la pointe des pieds et l'embrasse. Immédiatement, son baiser se fait plus marquer, plus intense.

Mes mains glissent le long de son dos et s'agrippent à son t-shirt, j'ai besoin de sentir sa peau. Le souffle chaud de Tom me fait frissonner. Il me serre contre lui et je sens son corps se tendre. Je ne réfléchis plus, mes vêtements tombent un à un sur le sol alors qu'il m'éloigne de la baie vitrée. Je ne cherche pas à savoir où tout ceci va nous mener, je me laisse juste entraîner. Je ne veux qu'une seule chose : le sentir contre moi.

Chapitre 13

Je ne suis pas partie. J'ai envoyé un message à ma mère pour lui dire que je passais le reste de la journée avec Marie, alors qu'en vérité, j'étais chez Tom. On a fini par commander un truc à manger, parce que je n'avais même pas envie de le lâcher un instant. On a beaucoup parlé, on s'est tellement dit de choses que tout me semble différent. C'est comme si on avait soudainement basculé dans une autre réalité, comme si j'avais enfin pu faire la paix et recoller les morceaux de ma vie.

Et pourtant, j'ai encore du mal à y croire. J'ai l'impression que je vais devoir me réveiller un jour pour réaliser que ce n'était qu'un rêve, parce que dans la réalité, ces choses-là n'arrivent tout simplement pas. On ne peut pas rattraper huit années perdues. On ne peut pas se retrouver et oublier tout le mal que l'on s'est fait. Et puis, se remettre ensemble alors qu'on vit si loin l'un de l'autre, c'est impossible. Je ne peux pas laisser tomber mon école, j'ai ma vie au village, et lui, j'imagine qu'il doit avoir la sienne à Londres.

Malgré ça, je ne veux pas abandonner, pas alors que j'ai tout fait pour qu'il m'explique. Mais j'ai peur de ce qui m'attend. Sans même parler de la disparition de Lucas, sujet que j'ai mis dans un coin de mon esprit et que je refuse totalement de considérer pour le moment. Je crains de voir l'équilibre de ma vie partir en fumée, et de sombrer comme il y a huit ans.

— Tu te remets à trop penser ?

Je lève les yeux vers Tom qui me dévisage.

— Ça se voit, se justifie-t-il. Tu devrais aller dormir, il est tard.

J'acquiesce, ennuyée d'avouer qu'il a sans doute raison, et me dégage de ses bras pour me relever. Je récupère mes quelques affaires dispersées dans la pièce : mon téléphone, les clés de l'appart et mes chaussures qui traînent dans l'entrée.

— Tu rentres ? me demande Tom derrière moi.

Je comprends le sens de sa question, mais j'hésite.

— C'est une invitation à rester ?

— À ton avis ?

Il me tend la main et au moment où nos doigts se touchent, je ne peux résister.

— Il faut juste que je trouve une excuse pour pas que mes parents s'inquiètent.

Il hoche la tête avant de m'attirer dans ses bras.

Le lendemain, j'ouvre les yeux dans une chambre baignée d'une douce lumière. Je sais tout de suite où je suis, le sommeil n'a rien effacé. Thomas s'est déjà levé, je crois qu'il est dans la cuisine. Est-ce que je regrette d'être restée ? Impossible. Ce que j'ai ressenti avec lui est indescriptible, et rien que d'y repenser, j'en ai les larmes aux yeux. C'est fou, tout ce qui m'arrive depuis trois jours est délirant…

Je me lève, attrape un de ses t-shirts qui me tombe juste sous les fesses et je le rejoins dans la cuisine.

— Je t'ai réveillée ? demande-t-il.

Je lui fais signe que non et l'aide à préparer le thé. On s'installe ensuite sur le canapé du salon, l'un contre l'autre. La seule chose qui me paraît naturelle en fait, c'est d'être avec lui. On mange sans trop parler, en regardant la mer par la baie vitrée. J'en profite pour rassurer mes parents, avant de mettre mon portable en silencieux.

— Tu veux bien me raconter en détail ce qu'il s'est passé avec Lucas ?

Je sursaute presque. Au fond de moi, j'espérais qu'il n'aborde plus le sujet.

— La police ne m'a pas rappelée, c'est plutôt bon signe, non ?

— Peut-être pas.

— Mais je n'ai rien à dire. Tu sais déjà l'essentiel.

— Raconte-moi quand même.

— Je n'ai pas envie de te parler de lui.

— Pourquoi ?

— Parce que c'est bizarre de te parler de quelqu'un avec qui je suis sortie.

— Et si je te promets de ne pas te demander de détails sur ce que vous faisiez ensemble, ça te va ?

— D'accord, d'accord, soupiré-je.

Je reprends tout depuis le début. Comment je l'ai rencontré, le nombre de fois où je l'ai vu, mes réticences à aller plus loin avec Lucas compte tenu du fait que je venais de le retrouver, lui. Je lui explique comment j'ai croisé Lucas en revenant de mon jogging et ce que j'ai fait chez lui, c'est-à-dire me contenter de boire un café avant de rentrer à l'appart.

— Il a beaucoup insisté pour ce café ?

— Honnêtement, je ne sais plus. Je n'avais pas super envie de m'arrêter chez lui parce que j'étais toute transpirante et que j'avais prévu de prendre le petit-déj avec mes parents... Mais j'ai dit oui parce que je me sentais un peu coupable de rejeter ses invitations sans arrêt, tu vois ? Et puis ce n'était qu'un café.

Tom a le regard perdu dans le vague.

— Tu ne trouves pas ça bizarre que juste le jour de sa disparition il t'invite chez lui ?

— Non, pas vraiment. Il m'avait déjà invitée, tu sais.

— Je vois.

— Tu crois que la police me soupçonne toujours ?

— C'est possible, me répond-il en posant sa main sur la mienne. Je pense qu'ils vont revenir à la charge, ils continuent juste leur enquête.

— Mais pourquoi est-ce que ça tombe sur moi ? Tu ne vas pas me dire qu'ils n'ont personne d'autre à interroger…

— Tu étais chez Lucas le jour de sa disparition et personne ne l'a revu après toi, c'est ça ? On peut comprendre qu'ils se posent des questions… Tu ne leur as toujours rien dit sur tes parents ?

— Non…

— Amy, il faut que tu le fasses.

— Oui, d'accord, dis-je en soupirant. De toute façon, je vais y aller, tu dois avoir des trucs à faire.

— Non, tu peux rester. Tu sais où est la salle de bain, va prendre une douche et garde mon t-shirt, ajoute-t-il avec un sourire. Il te va bien.

Je hoche la tête. Il va falloir qu'on parle lui et moi. Après ce qu'il s'est passé hier, je pense que la moindre des choses serait de mettre les choses au clair. Qu'est-ce qu'on est en train de faire tous les deux ?

Ah ! Je recommence à me poser mille questions, ça suffit. Je file sous la douche. L'eau chaude parvient à me détendre un peu et le gel douche sent la même odeur que Tom, j'ai l'impression d'être avec lui.

Quand je ressors, Thomas est introuvable. J'ai un SMS de lui sur mon portable.

Je pars faire quelques courses. Je rachète des biscuits ?

Je ne peux m'empêcher de sourire en lui répondant. Ensuite, j'appelle Marie qui m'a laissé pas mal de messages depuis la veille. Je m'en veux un peu de ne pas lui avoir répondu, après tout, elle n'a rien à voir avec ce que les autres m'ont fait.

— Amy ? Pourquoi tu ne me répondais pas ? Est-ce que ça va ?

— Oui, ça va… Je suis chez Tom.

— Quoi ? Mais attends, qu'est-ce qu'il s'est passé ?

— Je suis allée le voir, après notre discussion d'hier. Et je ne suis pas repartie. Si jamais tu croises mes parents, tu leur diras que je suis chez toi, ok ?

— À ton âge, tu veux encore leur mentir ? se moque-t-elle.

— Eux non plus n'ont pas gardé un très bon souvenir de Tom, tu sais… Je ne leur ai même pas dit qu'il était revenu ici. Ça fait beaucoup à annoncer d'un coup.

— Ouais, j'avoue que ça serait bizarre. Pas de nouvelles de la police ?

— Pas depuis l'interrogatoire. Tom pense que les inspecteurs continuent d'enquêter sur moi. Ils n'ont pas de meilleurs suspects, on dirait. Je ne vous ai pas dit, mais ils ont gardé la voiture de mes parents, sans doute pour chercher des traces de sang.

— C'est une bonne nouvelle, ils n'ont rien dû trouver alors. Tu penses que c'est pour ça qu'ils t'ont laissée partir ?

— Aucune idée. Maintenant, j'ai peur qu'ils trouvent quelque chose de compromettant sur moi. Je te jure, j'essaie de ne pas y penser, mais ça devient de plus en plus difficile.

— Si je peux me permettre un conseil : continue à vivre le plus normalement du monde. Tu n'as pas tué Lucas, ils finiront par voir qu'ils n'ont rien contre toi.

— Sans doute… je l'espère en tout cas.

J'entends les clés dans la porte, c'est Tom.

— Je te laisse, Tom est de retour.

— Bon, fais attention à toi Amy. Que ce soit à cause de cette histoire de disparition ou avec Tom, ok ?

— C'est promis.

Je raccroche et file aider Tom à porter ses quelques sacs. On passe la journée tous les deux, entre le canapé et le balcon. On discute de tout et de rien, principalement de nos vies depuis qu'on s'est quitté. Je lui parle de ma plus longue relation à la fac et de comment ça s'est terminé. Je lui raconte la vie dans ma petite école de village et l'équilibre que j'y ai trouvé, même si je m'y ennuie parfois. De son côté, il m'explique qu'il a choisi de travailler de la maison, comme ça il reste disponible pour sa petite sœur et pour aider sa mère. Il est traducteur et il gagne plutôt bien sa vie.

En milieu d'après-midi, ma mère m'appelle. Elle s'inquiète pour moi et me dit qu'un de leurs amis veut bien nous prêter une voiture le temps de récupérer la nôtre. Elle me demande si quelqu'un peut me conduire jusqu'à chez lui, ou alors me dit qu'elle prendra le train et le bus. Je raccroche après lui avoir proposé de m'en charger. Tom, qui a suivi tout l'échange, pose une main sur mon bras.

— Tu veux que je t'accompagne ?

— Non, ce n'est pas la peine, je vais appeler Marie, elle a sa voiture. Je t'envoie un message dès que je rentre à la maison, ok ?

Il me prend dans ses bras un moment et mon cœur s'emballe. Combien de fois ai-je rêvé cet instant ? Je passe mes bras autour de son cou et relève les yeux vers lui. Sa façon de me regarder me file presque les larmes aux yeux parce que c'est exactement comme ça que je me suis toujours souvenue de lui. Mes joues s'enflamment au contact de son corps. Est-ce qu'il le remarque ?

Il se penche vers moi et m'embrasse d'une manière qui m'ôte tout doute.

— Tu veux vraiment dormir chez tes parents ce soir ? lâche-t-il entre deux souffles.

En vérité, je n'ai aucune envie de le quitter, pas même pour une nuit.

— Je vais leur dire que je reste chez Marie.

— Ils ne savent pas que je suis là ?

Je secoue la tête.

— Je ne voulais pas risquer un autre sermon.

Je rappelle Marie qui accepte tout de suite de m'emmener récupérer la voiture. Je la retrouve au sous-sol, devant l'ascenseur principal et on monte dans sa voiture. Au bout d'une vingtaine de minutes, on arrive tant bien que mal, grâce à son GPS, à trouver la maison des amis de mes parents. Marie reste avec moi le temps de discuter avec eux, par politesse. Ils finissent par nous offrir un verre que je n'arrive pas à refuser. C'est long et je me sens mal de faire perdre son temps à ma copine.

Quand je récupère enfin la voiture, Marie insiste pour rouler derrière moi jusqu'à ce qu'on arrive à la résidence. On se quitte d'un signe de la main et je prends la direction du parking du bâtiment de mes parents. J'appelle la réception pour que quelqu'un me laisse entrer dans le stationnement. Au bout d'un moment, la porte du garage s'ouvre et je rejoins notre emplacement. Une fois la voiture garée, je retraverse le stationnement en direction du premier ascenseur, à une centaine de mètres. Mais tout à coup, j'entends quelque chose derrière moi. Je jette un coup d'œil par-dessus mon épaule et mon sang se glace quand j'aperçois la silhouette d'un homme. Il porte un masque et je sais tout de suite qu'il est là pour moi. Immédiatement, je pars au pas de course à travers le parking et l'homme me prend en chasse. J'essaie d'attraper mon téléphone dans la poche de mon pantalon, mais j'en suis incapable en courant. Mon cœur bat à cent à l'heure, pourtant j'accélère encore. Je sais que je ne pourrai pas attendre l'ascenseur, il faut que je prenne l'escalier. Mais l'homme se rapproche, il va me rattraper ! Je ne sens plus mes jambes, je trébuche et m'écroule sur le bitume, ma tête heurtant lourdement le sol.

Chapitre 14

Je me redresse péniblement au bruit d'un moteur. Mon agresseur est au-dessus de moi, à moins de deux mètres, mais une voiture arrive droit sur nous. Est-ce que c'est son complice ? Non, parce qu'il détale aussitôt. Choquée, j'essaie de me relever. La voiture s'arrête à mon niveau et je découvre son conducteur : un vieux monsieur, avec sa femme sur le siège passager.

— Mademoiselle ? Est-ce que ça va ? me demande-t-il.

— Appelez la police. Cet homme, il voulait me faire du mal.

Ma voix est entrecoupée, je n'arrive presque pas à aligner trois mots. La femme âgée sort de la voiture et me prend pas le bras pour me faire assoir à l'arrière. J'ai presque le réflexe de la repousser avant de me ressaisir. J'entends son mari parler à la police, on lui dit d'attendre et qu'une voiture sera bientôt là. Mon cœur bat fort dans ma poitrine. Le temps passe sans que je m'en rende compte, car j'ai l'impression qu'un instant après plusieurs officiers apparaissent de nulle part autour de nous. Je leur donne mon nom, mon adresse, je leur explique ce qui vient de se passer, le papi et la mamie confirment mes propos.

— On va vous raccompagner à votre appartement, d'accord ? me dit l'officière qui se tient devant moi.

— C'est tout ?

Je sens mon téléphone vibrer dans ma poche. Il n'arrête pas de vibrer depuis un moment en fait, mais je ne veux même pas voir qui m'appelle.

— On s'occupe du reste et quelqu'un vous recontactera bientôt. On a votre numéro. Il faut vous reposer maintenant, venez.

Je n'ai même pas eu le temps de remercier mes sauveurs, je me rends soudain compte qu'ils ne sont plus avec nous. Tant pis, je demanderai qu'on me donne leurs coordonnées et je les rappellerai plus tard. Je laisse les deux officiers me ramener et expliquer à mes parents la situation. Ma mère le prend terriblement mal alors que mon père reste stoïque. J'attends le départ des policiers pour oser prendre la parole.

— Est-ce que vous allez enfin me dire ce que vous me cachez ? D'abord, Lucas disparaît, et maintenant ça ? Qu'est-ce que Lucas vous a fait ? Pourquoi vous ne vouliez pas que je le voie ? Il était dans la mafia, dans la drogue ? C'est quoi le souci ?

— Non, ce n'est pas ça du tout, soupire ma maman.

— Alors quoi ?

Je perds complètement patience, je suis à bout de nerfs. Ma mère lance un regard appuyé à mon père avant de baisser la tête. Elle veut qu'il me parle. Je le vois hésiter.

— Lucas a tenté de me faire chanter l'année dernière, commence-t-il.

Il s'arrête là, comme si c'était suffisant comme explication.

— Il faut tout me dire là, je ne peux pas passer ma soirée à essayer de deviner pourquoi.

Il a l'air de plus en plus gêné, mais tant pis. Je dois savoir, je n'ai pas le choix.

— Sa mère travaillait pour moi à l'agence il y a une dizaine d'années. Elle… est devenue ma maîtresse pendant trois ans, jusqu'à ce que je mette un terme à tout ça. Elle voulait que je divorce, moi je ne voulais pas, même si on vivait une période difficile à la maison. Et comme après ça, elle a refusé mes propositions de départ à l'amiable, j'ai fini par trouver un prétexte pour la renvoyer. Lucas m'a dit qu'ensuite, sa vie a complètement basculé. Elle s'est mise à boire et à prendre trop de médicaments. Elle est décédée il y a quelques années. Lucas m'a demandé de l'argent, beaucoup d'argent, en échange de son silence. Il menaçait de tout dire à ta mère et de ruiner ma réputation. Je crois qu'il n'a jamais supporté que je quitte sa mère.

Je reste abasourdie. Le choc me cloue sur place, je regarde ma mère qui ne dit rien et qui acquiesce, puis je le regarde lui : mon père dont l'image me semble ternie à jamais. Je me souviens très bien de cette phase difficile dont il parle. C'était après le départ de mes frères pour l'université, quand ils se sont retrouvés un peu plus entre eux. Mais de là à imaginer qu'il ait pu voir une autre femme pendant des années… Non, c'est trop pour moi.

— Et il l'a fait ?

— Non, j'ai préféré tout dire à ta mère. Ensuite, j'en ai parlé à tes frères parce que j'avais peur que Lucas leur en parle avant moi.

— Mais à moi, tu ne m'as rien dit !

— Tu vivais plus loin, je ne pensais pas qu'il pourrait te retrouver.

— Mais attends, ça date de quand ces menaces ?

— De l'année dernière, répond-il. Il a pris contact avec moi par téléphone et il a ensuite exigé qu'on se rencontre à Lyon. Je l'ai payé plusieurs fois avant de comprendre que ça ne s'arrêterait jamais.

— Mais quelle horreur ! Et vous m'avez laissée le voir sans rien dire. Vous vous en rendez compte ?

— On t'a dit de ne pas t'approcher de lui ! s'écrie ma mère.

— Sorti de son contexte ça ne veut rien dire ! Vous auriez dû tout m'expliquer à ce moment-là. Mon dieu… Mais si la police apprend ça, je suis foutue. On est tous foutus en fait. Ils vont croire qu'on l'a tué.

Et soudain, une horrible pensée traverse mon esprit. J'ai les mots de Tom en tête.

— Est-ce que vous l'avez tué ? Est-ce que c'est vous ? Vous avez eu peur qu'il me fasse du mal, c'est ça ?

— Non ! s'écrie mon père. On n'a rien fait, je te le promets. Pour moi Lucas c'était de l'histoire ancienne. J'avais juste peur qu'il te raconte tout, c'est pour ça que je ne voulais pas que tu le voies. Jamais on n'aurait pu imaginer ce qui allait se passer.

Je me prends la tête entre les mains. Je ne sais plus ce que je dois croire et je suis de plus en plus persuadée que les enquêteurs vont finir par tout découvrir. Tom avait raison, s'ils fouillent la vie de Lucas, et ils sont sans doute déjà en train de le faire, ils vont comprendre ce qui le lie à ma famille. Ils croiront que j'ai voulu me venger ou sauver leur honneur. Je sens une bouffée d'angoisse monter en moi, c'est trop, je ne peux plus gérer tout ça. Je saute de ma chaise et cours dans ma chambre. J'attrape un sac, y fourre quelques vêtements, ma trousse de toilette et mon doudou. Je repasse par le salon où mon père console ma mère en larmes.

— Je vais chez Marie, c'est mieux pour ce soir. J'ai besoin de me calmer. Je vous conseille de ne pas sortir d'ici et de tout fermer à double tour.

Et comme je les aime, malgré tout ce que je viens d'apprendre et la déception que je ressens en les regardant, je viens les embrasser tous les deux avant de quitter l'appartement. Il fait maintenant nuit. J'attrape mon portable, j'ai plusieurs messages de Tom et des appels en absence. Je compose son numéro sans même lire ses textos. Sa voix rauque me répond dès la première sonnerie.

— Amy, qu'est-ce qu'il se passe ?

— J'arrive, j'ai récupéré quelques affaires. Je suis dans la rue.

— Je viens te chercher, dit-il.

— Je suis déjà sortie, ce n'est pas la peine de…

— Je te rejoins là où tu es. Ne raccroche pas.

Je comprends qu'il vient de sortir de chez lui. Je me retrouve dans la rue trop bruyante, trop agitée à mon goût. Il est vingt heures, tout le monde mange sur le port et moi je cours pour remonter la rue. Tom ne me parle presque pas, je sais qu'il se dépêche. Enfin, je le vois apparaître au loin. Je raccroche et remets mon téléphone dans ma poche. Dès qu'il arrive à mon niveau, il me prend par la main. Le contact de sa peau contre la mienne me rassure instantanément et je me laisse guider à travers les rues jusqu'à son appartement. J'y entre comme on entre dans un cocon. Je pose mon sac sur une chaise et je me rends compte que je tremble. Tom a l'air inquiet, il me serre dans ses bras.

— Va prendre une douche. Je te prépare un thé.

Je baisse les yeux sur la robe que je porte. Mes genoux sont égratignés et noirs, tout comme mes mains et mon coude gauche. Il m'embrasse sur le front et me pousse délicatement vers la salle de bain avec mon sac. L'eau chaude me fait un bien fou. J'ai l'impression de reprendre peu à peu mes esprits. Quand je ressors de la salle de bain en short et t-shirt, je me sens prête à répondre aux questions de Tom. Il m'attend d'ailleurs sur le canapé avec deux tasses de thé et le même paquet de biscuits entamé la veille.

— Quelqu'un s'en est pris à toi ?

J'acquiesce lentement.

— Un homme m'a poursuivie dans le stationnement quand je revenais avec la voiture. Il n'a pas eu le temps de me toucher, un couple est arrivé et il est parti.

— Il y a quelque chose de vraiment pas net dans cette histoire.

— Et encore, tu ne sais pas tout, dis-je les larmes aux yeux.

Tom me lance un regard interrogateur. Je lui explique tout. Tout ce que mon père m'a avoué tout à l'heure, mes craintes par rapport aux enquêteurs et au fur à mesure que je lui raconte ce que j'ai découvert, j'en viens à une conclusion atroce.

— Je crois que la personne qui a tué Lucas connaissait l'histoire de mes parents et essaie de me faire porter le chapeau.

Tom reste un moment silencieux, comme perdu dans ses pensées.

— Peut-être, mais ça n'explique pas pourquoi on a voulu te faire du mal ce soir. En attendant, je pense que tu devrais te méfier de tout le monde.

— Sauf de toi ?

Il me sourit.

— Je t'ai dit que je faisais un bon suspect. L'ex-petit ami qui tue le nouveau copain dans un accès de jalousie et qui veut faire accuser la fille pour se venger, ça marche, non ?

Même s'il dit ça sur le ton de la plaisanterie, je frémis et il s'en rend compte.

— Encore une fois, à toi de voir si tu veux me faire confiance.

Je hoche la tête, épuisée. Bien sûr que je lui fais confiance.

— Je vais aussi prendre une douche, dit-il après un moment.

— Je te refais un thé ?

Il acquiesce avant de filer vers la salle de bain. Je traîne encore un instant dans le canapé et j'hésite à envoyer un message à mes frères. J'ai envie de leur expliquer ce qu'il se passe, mais d'un autre côté, les connaissant, ils risqueraient de débarquer ici. Je ne veux pas les exposer à tout ça. Je repose mon portable sur la table basse et me lève pour allumer la bouilloire. Dans la salle de bain, l'eau ne coule plus. Je prépare vite fait nos deux mugs de thé : sans sucre pour moi et avec une cuillère de miel pour lui. Quand je me retourne avec mon plateau, je me fige. Tom me fait face, une serviette nouée aux hanches, les cheveux mouillés.

— J'ai oublié ma trousse de toilette, me lance-t-il avec un clin d'œil.

J'ai du mal à masquer l'effet qu'il me fait. Je crois que je suis redevenue rouge, en tout cas, mes joues me brûlent et ma respiration s'accélère. J'essaie de prendre sur moi et dépose le plateau sur la table du salon.

Depuis combien de temps est-ce que je n'ai pas ressenti ça ? C'était d'ailleurs un des plus gros soucis de ma précédente relation, le fait que je ne ressentais presque aucune attirance physique pour mon ex.

— Merci pour le thé, dit Tom dans mon dos.

Il s'est rhabillé et je n'arrive plus à le regarder. Qu'est-ce qu'il va penser de moi ? Je veux comprendre ce qu'on est en train de faire. Est-ce qu'on repart à zéro ? Qu'est-ce qu'il attend de moi ?

— Amy ?

Je manque de renverser ma tasse et me brûle le bout des doigts.

— À quoi tu penses ?

— À rien, ça va.

Tom pose une main sur mon dos.

— Tu disais déjà toujours ça avant, s'amuse-t-il. Ça me fait drôle aussi, tu sais.

— De quoi ?

— De me retrouver avec toi, ici. D'avoir l'impression de te connaître par cœur, alors qu'en fait ce n'est plus le cas, lâche-t-il. Et je crois que j'aurais dû me rhabiller dans la salle de bain.

— Non, ça ne m'a pas gênée. Enfin oui, peut-être.

Voilà, je commence à dire n'importe quoi, je suis tellement rouge que mes oreilles sont en feu et mon cœur bat à deux cents à l'heure. En plus, je sens le regard de Tom sur moi.

— Arrête de trop penser, dit-il en souriant.

— Facile à dire.

— Bon, en attendant d'éclaircir tout ça. Je te laisse mon lit. Je dormirai ici pour pas…

— Non, s'il te plaît, reste avec moi. C'est toi qui vas trop loin maintenant !

Il hoche la tête en riant. Bientôt, je me retrouve allongée sur le lit. Je ferme les yeux, mais des centaines de pensées s'entrechoquent dans ma tête. Tom a raison, je ne sais plus qui croire. Tout ce qu'il m'a avoué hier me semble maintenant superflu… Se pourrait-il que Tom ne soit pas du tout celui que je pense ? Mais non. Je sais au fond de moi qu'il n'est pas comme ça. Il a changé oui, mais il reste Tom, mon ami de toujours. Apaisée, je finis par m'endormir contre lui.

Chapitre 15

Je me réveille à l'aube, le corps endolori par ma chute de la veille contre le bitume. Tom dort encore alors je me lève sans faire de bruit, récupère mon sac et file dans la salle de bain pour me changer. Une fois habillée, je m'installe sur le canapé avec mon portable. Il est temps de donner un peu de mes nouvelles aux filles, je ne peux pas continuer à ignorer les nombreux messages qu'elles m'ont envoyés. Je prends mon temps pour leur répondre individuellement et leur expliquer brièvement la situation, même si je leur en veux toujours. Sarah est la première à me répondre, elle se lève toujours tôt. Elle me demande de passer à la piscine dans la matinée pour discuter de vive voix. Je n'ai pas vraiment envie de voir du monde, mais en même temps, j'avoue que c'est le genre de discussion plus simple en personne que par SMS… J'accepte en lui disant que je les rejoindrai tôt, à dix heures trente, pour éviter la foule.

J'aurais pu leur dire de venir ici, je ne pense pas que ça aurait dérangé Tom, mais je crois que je préfère les voir là-bas et sans lui. Je veux leur expliquer ce qu'il m'a dit, sans entrer dans les détails de son histoire. Ce sera plus facile de le faire juste entre filles. D'ailleurs, je redoute cette conversation. J'espère qu'elles ne vont pas toutes me tomber dessus.

J'envoie aussi un message, très court, à mes parents. Je n'arrive pas à faire mieux ni à me montrer chaleureuse. J'ai besoin de temps pour assimiler ce que mon père m'a avoué et je pense qu'il est souhaitable que je ne les voie pas pour le moment.

— Salut, dit Tom en débarquant dans le salon. Café ou thé ?

— Un thé s'il te plaît.

Il hoche la tête avant de s'en aller vers la cuisine, l'air un peu endormi. Quelques minutes plus tard, il revient avec un plateau sur lequel se trouvent trois tranches de pain de mie beurrées et nos deux tasses de thé.

— Bien dormi ? me demande-t-il.

— Comme une masse.

— J'ai vu ça.

Je manque de m'étouffer avec ma gorgée de thé brûlant et lui, il sourit.

— Je vais aller voir les filles ce matin, mais après ça, on mange ensemble ?

— Et tes parents ?

— Je n'ai pas envie de les revoir aujourd'hui, enfin sauf si tu préfères que je rentre.

Il pose une main sur ma joue.

— Arrête de répéter ça.

Il semble sincère, alors pourquoi j'ai du mal à y croire ? La réponse me saute aux yeux : tout simplement parce que je n'ai pas entendu parler de lui pendant huit ans, qu'il est réapparu dans ma vie en étant distant et complètement différent de celui que je connaissais, avant de faire un virage à 180° et de m'héberger chez lui. Voilà pourquoi je bloque et je pense que n'importe qui à ma place se poserait les mêmes questions, non ?

Je repose ma tasse sur le plateau.

— Tom, qu'est-ce qu'il se passe entre nous à ton avis ?

Ça, c'est sans doute la pire question qu'on peut poser à un homme si j'en crois les séries, les films et les magazines débiles que je lis des fois à la plage. Ce n'est même pas quelque chose que je me souviens avoir osé demander de toute ma vie, même quand ça allait vraiment mal avec mon copain le plus sérieux. J'ai sans doute lâché une bombe et je m'attends presque à le voir faire un bond en arrière.

— Je ne sais pas, répond-il au bout d'un moment. Mais ça fait un peu réponse de lâche, hein ?

Je sens un sourire malicieux se dessiner sur mon visage.

— Un petit peu.

— Je pourrais aussi te renvoyer la question, pour faire encore plus lâche.

— Tu veux bien passer directement à la vraie réponse ?

— Je n'en ai pas vraiment. Tu sais, quand on est tous les deux comme maintenant, je n'ai pas l'impression qu'on a changé tant que ça, et j'ai juste l'impression d'être reparti en arrière.

— Peut-être qu'on se force chacun de notre côté à être ceux qu'on était avant, inconsciemment.

Il me regarde, visiblement amusé.

— Est-ce que ce serait si mal ?

Je lui souris en retour, mais au fond de moi, j'aurais bien aimé avoir plus de réponses. Le souci, c'est que je commence à me rendre compte qu'aucun de nous ne comprend ce qu'il est en train de se passer.

— La situation s'est stabilisée de mon côté, et ma sœur a terminé ses études. Elle n'a plus besoin de moi. C'est aussi pour ça que je suis revenu.

— Mais tu vis à Londres, et moi dans un petit village perdu. Tu vois le souci ? J'ai peur de me lancer dans quelque chose qui va me démolir une seconde fois.

Il acquiesce et je devine à son regard qu'il est troublé, mais il ne dit rien de plus. Je crois que le sujet est clos pour le moment…

Dix-heures quinze. Je le laisse à ses emails et pars rejoindre les filles à la piscine. J'arrive juste après elles, au moment où elles s'installent sur leur transat, et dès qu'elles remarquent ma présence, je sens leur attitude changer.

— Salut, dis-je.

Elles me répondent toutes à leur manière. Ludivine a le regard noir, Coralie sourit excessivement, Sarah me fait un signe d'encouragement et Marie regarde ses pieds. Ça commence bien. Je m'assois au milieu, on est loin des autres clients et des oreilles indiscrètes.

— On voulait te dire qu'on est vraiment désolé, commence Coralie.

Malgré la sincérité apparente de Coralie, je ne décolère pas.

— J'imagine.

— On n'aurait jamais dû faire ça, concède Ludivine. Même si je me faisais du souci pour toi, je comprends que c'était plus que déplacé.

— Vous m'avez trahie. J'accepte vos excuses, mais je ne sais pas si j'arriverai encore à vous faire confiance.

— C'est normal, soupire Sarah. Mais on reste là pour toi et on ne s'immiscera plus dans ta vie.

— Promis ?

— Juré, dit Coralie. En plus, si on recommence, je pense que Marie nous fera encore passer un sale quart d'heure à faire notre psychanalyse…

J'éclate de rire intérieurement en imaginant la scène.

— Je veux aussi m'excuser de t'avoir poussée à sortir avec Lucas, ajoute Ludivine. On sait que tu n'étais pas très chaude au départ et maintenant, j'ai l'impression que c'est à cause de moi que tu te retrouves dans cette situation.

— Ça, ce n'est pas de votre faute.

— Je ne comprends vraiment pas pourquoi celui qui a fait ça à Lucas t'en veut à toi. Je n'arrive pas à croire qu'il en soit venu à t'agresser comme ça, dans le stationnement. On dirait un film d'horreur, continue Coralie.

— Arrête avec ça, rétorque Ludivine. On n'est pas là pour lui faire peur.

— Amy, raconte-nous s'il te plaît, intervient Sarah. Dis-nous tout, on fera n'importe quoi pour t'aider.

Marie hoche la tête.

— D'accord, mais je vous répète que ce n'est pas de votre faute, ok ?

Coralie acquiesce et pourtant je devine dans le regard de Ludivine qu'elle s'en veut toujours. Tant pis, je débute mon récit en espérant qu'une fois qu'elles auront toutes les informations elles comprendront qu'elles n'ont rien à voir là-dedans. Tout leur expliquer me prend un temps fou, chaque partie étant entrecoupée de commentaires et de questions. Quand j'arrive enfin au bout et que tout a été discuté, ce que je redoutais se produit.

— Ça doit être difficile la proximité avec tes parents maintenant que tu sais ce qu'ils t'ont caché.

— En fait, je suis à peine repassée par leur appartement, donc ça va, leur avoué-je.

— Quoi ? s'exclame Coralie. Mais tu es où ? Pourquoi tu n'es pas venue chez l'une d'entre nous ?

— Je suis chez Tom.

Et là, de toutes les révélations qui sont sorties de ma bouche ce matin, je crois que celle-ci est la plus choquante à leurs yeux. La première à réagir, c'est Coralie.

— Oh mais attends, je ne comprends pas ! Qu'est-ce qu'il s'est passé ?

— Il s'est passé beaucoup de choses, et tu peux comprendre que je n'aie pas eu envie de tout vous raconter. Un soir, un homme me suivait sur la plage et Tom était là, il l'a fait fuir, alors…

— Un homme te suivait ? reprend Ludivine. Avant la disparition de Lucas, quelqu'un t'a suivie ? Tu as parlé de ça à la police ?

— Non, c'était sans doute un pervers qui traînait par là. Combien de fois ça nous est arrivé ? Je ne pense pas que ça a un rapport avec…

— Mais tu ne peux pas garder ça pour toi ! me coupe Marie. Peut-être que Lucas n'était même pas la vraie cible.

— Vous repartez dans la version film d'horreur là ! rétorqué-je.

— Oui, bon. Mais parles-en quand même. Quant à Tom, j'espère que tu es sûre de toi, continue Marie, qui était déjà au courant.

— Comment tu veux que je sois sûre ?

— Mais tu es toujours amoureuse de lui, commente Coralie.

Mon regard les passe toutes les quatre en revue. Elles ont raison, bien sûr que je suis amoureuse de lui, pourtant je refuse de me faire des idées, j'ai déjà trop souffert.

— Je ne peux pas laisser passer cette chance. Je ne peux pas. Je crois que je ferais n'importe quoi pour que ça marche.

— Et lui ? me demande Ludivine.

— Il a plus ou moins évité le sujet. Enfin, il a dit qu'il voulait reprendre les choses comme avant.

Ludivine hausse les épaules.

— Si jamais ça se passe mal avec lui, tu sais que tu peux nous appeler à n'importe quelle heure et venir squatter un de nos apparts, ok ?

Je les remercie. La conversation a été bien plus facile que ce que j'avais imaginé. Il est presque midi trente, le soleil commence à bien taper, et le monde à affluer vers la piscine. Je préfère rentrer. Je leur fais la bise et leur promets de les tenir au courant, puis je retourne à l'appartement de Tom. Même si je n'ai que deux cents mètres à faire pour rentrer, je me retourne environ dix fois et me méfie de chaque personne que je croise. Arrivée en bas de la résidence, je commence à angoisser à l'idée de prendre l'ascenseur, j'ai presque envie d'appeler Tom pour qu'il descende me rejoindre, mais comme il m'a donné les clés de la grille, j'aurais l'air un peu bête… Je frappe à la porte un peu brusquement, heureusement, Tom vient tout de suite m'ouvrir.

Il me dévisage quelques instants, je pense que la panique se lit dans mon regard, pourtant il ne fait aucun commentaire.

— Ça te va salade omelette ?

— Merci, c'est parfait. Je vais m'allonger cinq minutes.

J'essaie de reprendre mon calme, mais je tremble intérieurement. Je m'écroule sur le lit et me roule dans le drap. Je me concentre sur les battements de mon cœur et peu à peu, je sens que je me détends. Tom passe la tête par la porte et s'approche du lit. Je me redresse et me blottis contre lui, sans retenue. Sa main caresse mes cheveux doucement.

— Repose-toi, je t'apporte ton assiette au lit si tu veux.

— Non, ça va aller, dis-je en me relevant.

À table pourtant, j'ai du mal à me montrer naturelle. Je crois que je n'arrive plus vraiment à sortir la tête de l'eau. Je ne peux pas m'empêcher de me demander ce qui va encore me tomber dessus. En quelques jours, on dirait que c'est toute une partie de ma vie qui s'est écroulée... J'ai quand même appris à la fois que le jeune homme qui s'intéressait à moi était probablement mort, qu'il avait fait chanter mon père et que mon père avait trompé ma mère pendant des années ! Et puis il y a ce doute qui persiste dans mon esprit : Lucas a-t-il fait exprès de sortir avec moi ? M'a-t-il suivie et ciblée ? Si oui, ce type est un vrai taré et sinon, j'avoue que la coïncidence me semble folle.

— Tu crois que Lucas savait qui était mon père depuis le début ?

— Oui, répond Tom sans même y réfléchir.

Je comprends alors qu'il s'est posé les mêmes questions que moi et qu'il a dû garder ça pour lui afin de ne pas m'inquiéter encore plus.

— Mais pourquoi ? Pour me faire souffrir ?

— Ou pour faire stresser tes parents.

— Attends un peu, c'est encore plus horrible. Ça veut dire que maintenant qu'il a disparu, si la police apprend ce qu'il faisait à mon père, les enquêteurs risquent de soupçonner mes parents !

— Tu ne les soupçonnes toujours pas, toi ? Après ce que tu as appris sur ton père, faut avouer que c'est quand même probable qu'il ait pété les plombs, non ? Le type qui le harcelait s'est mis à tourner autour de sa propre fille... ça rendrait dingue n'importe qui.

— Oui, d'accord, mais il ne ferait jamais ça. Ce n'est pas possible.

Je vois que Tom se retient de me contredire et se contente de soupirer.

— Amy, tes parents et toi, vous avez besoin d'un avocat. Il faut tout lui expliquer et préparer votre défense.

Je le dévisage un instant. Depuis combien de temps en est-il arrivé à cette conclusion ?

— Le jour de la disparition de Lucas, mes parents ont passé l'après-midi et la soirée avec des amis. Je ne pense pas qu'on viendra les embêter, mais moi... On pourrait m'accuser d'avoir découvert la vérité et d'avoir tué Lucas dans un accès de colère ou quelque chose comme ça.

— Oui.

— Et toi, ce n'est pas ce que tu crois ?

— Non, Amy, répond-il soudain avec le plus grand des sérieux.

— Dis-moi, c'est quoi ton hypothèse dans ce cas ? Que juste au moment où Lucas m'aurait prise pour cible, le jour même où il m'aurait fait venir chez lui, un de ses ennemis serait venu comme par hasard chez lui pour le tuer avant de cacher son corps ?

Il me lance un drôle de regard. Je ne sais pas si je l'agace ou si au contraire je l'amuse, malgré la situation.

— Je pense que Lucas a mis en scène sa disparition pour te faire accuser de son meurtre et qu'il s'est suicidé en se jetant dans la mer au cap d'Antibes ou d'une falaise de l'arrière-pays. Ça, c'est mon hypothèse optimiste.

Ma gorge se serre, j'ai l'impression de faire face pour la première fois à ce qui menace de détruire ma vie.

— Et c'est quoi l'autre hypothèse ?

— C'est que Lucas ne soit pas mort et qu'il soit après vous.

J'acquiesce, parce que c'est tout ce que je suis capable de faire. Je crois que je ne pourrai plus jamais sortir de cet appartement.

— On va trouver une solution, me dit Thomas en me prenant dans ses bras. Il faut que tu reparles à la police, à ses enquêteurs, et que tu leur dises absolument tout ce que tu sais.

— Ça va me donner l'air encore plus coupable, rétorqué-je. S'ils apprennent pour l'histoire avec mon père, je suis foutue.

Tom secoue la tête.

— Écoute-moi, si je ne me trompe pas, c'est la seule solution pour te protéger. Et en attendant, tu vas rester ici. Presque personne ne sait que tu es là, non ?

— Juste les filles, mais pas mes parents.

Il acquiesce.

— Ça va aller, dit-il en me serrant plus fort.

Je me blottis contre lui et sa seule présence me suffit à calmer mes angoisses. On reste un moment comme ça, sur le canapé du salon. D'une main, il attrape son téléphone et allume les enceintes reliées en Bluetooth. Dès les premières notes, je reconnais *Radiohead*, groupe que je me refusais d'écouter depuis des années, parce qu'il me rappelait trop Tom.

— Ça faisait longtemps.

— Tes goûts ont dû changer depuis, répond-il.

— Pas vraiment.

Je me laisse bercer par la musique, jusqu'à ce que Tom reprenne :

— Repose-toi, ensuite on sort.

— Où ça ?

— On va aller se renseigner sur Lucas.

Je relève les yeux vers lui. Est-ce qu'il est sérieux ? À son regard, je comprends que oui et je me raidis.

— On ne peut pas rester à ne rien faire, Amy. On posera juste quelques questions, ça va aller.

Je n'en suis pas si sûre, mais est-ce que j'ai vraiment le choix ? Il a raison, je ne peux pas rester là à attendre de me faire accuser et enfermer pour meurtre.

Chapitre 16

À seize heures, on arrive en vue de la capitainerie, là où travaillait Lucas depuis quelques mois, du moins, d'après ce qu'il m'a dit. Mon cœur s'emballe à l'idée de ce qui nous attend. J'ai peur qu'on nous envoie chier, ou pire, que les collègues de Lucas appellent la police pour me dénoncer. Mais Tom a raison. Il a raison, non ? Il faut le faire.

Le bâtiment tout en verre, de forme circulaire, surplombe le port. Tom serre ma main dans la sienne et m'entraîne à l'intérieur. Une vague d'air frais me saisit en passant les portes, on dirait que la clim tourne à fond. Je n'étais jamais entrée avant et je suis surprise de la taille du hall d'entrée, qui est tout simplement gigantesque, mais aussi vétuste et désert. Tout au bout de la salle, derrière un haut comptoir en marbre, est assise la réceptionniste. Elle nous lance un regard surpris en nous voyant entrer, comme si elle ne s'attendait pas à ce que quelqu'un débarque à cette heure de la journée.

Je prends sur moi pour avancer jusqu'à elle, il s'agit d'une femme d'une cinquantaine d'années, peut-être moins, menue, au regard bienveillant.

— Je peux vous aider ? me demande-t-elle.

— Euh, peut-être. Je... Je suis une connaissance de Lucas, et je voulais savoir si vous accepteriez de répondre à quelques questions le concernant.

Immédiatement, le regard de la réceptionniste se durcit.

— Je ne sais rien sur lui, allez voir la police.

— Justement, la police m'a interrogée, et... enfin, je suis la dernière personne à avoir vu Lucas, alors c'est difficile. Je ne le connaissais pas beaucoup, j'ai l'impression qu'il me manque des informations pour comprendre qui il était.

Malheureusement pour moi, mon monologue hésitant n'a pas d'effet sur la réceptionniste qui continue à me dévisager d'un air inquiet.

— On veut juste comprendre, ajoute alors Thomas. Vous ne connaissez sans doute pas Amy, mais elle vient ici tous les étés depuis qu'elle est toute petite. Ses parents habitent dans un appart du port, et moi aussi j'ai passé des années ici. Amy a rencontré Lucas cet été juste avant qu'il disparaisse et maintenant c'est elle qui est soupçonnée. Même la plus petite information sur lui pourrait nous aider, vous savez.

Je ne sais pas si c'est le charme naturel de Thomas qui opère, ou si c'est la vue des larmes qui commencent à s'accumuler au coin de mes yeux, mais l'employée de la capitainerie semble soudain se radoucir.

— Je ne sais vraiment rien sur ce Lucas, avoue-t-elle. Il a été engagé au mois d'avril, et je l'ai juste croisé quelques fois. Il n'était pas très bavard. Tout ce que je sais, c'est qu'il arrivait de la région lyonnaise et qu'il a déménagé pas longtemps après son arrivée ici, pour prendre un appart plus grand et mieux situé. Il m'avait demandé si je connaissais des apparts à louer.

— Bon, c'est déjà ça, merci, lui répondit Tom. Et est-ce qu'il y avait un collègue à qui il parlait un peu plus ?

— Non, je ne vois pas.

— Est-ce que vous savez avec qui il travaillait le plus souvent ? continue-t-il.

— Hm... réfléchit-elle. Oui, il était souvent avec Yves.

— Et ce Yves travaille aujourd'hui ?

— Oui, mais si vous allez le trouver, il risque de vous envoyer paître. Ce n'est pas son genre de parler à des inconnus, comme ça. Et en plus, il m'en voudrait de vous avoir envoyés.

— D'accord, je comprends...

Ma gorge se noue. Notre visite n'a servi à rien.

— Bon, si vous voulez, je peux essayer de lui en toucher deux mots, pour voir s'il sait quelque chose. Je ne peux rien vous promettre, mais laissez-moi un numéro, et je vous enverrai un message, ça vous va ?

— Merci, c'est très gentil de votre part, répond Tom en souriant. Voilà mon numéro, ajoute-t-il après l'avoir écrit sur le post-it que lui tendait la réceptionniste.

Je la remercie à mon tour avant de la saluer. Une fois à l'extérieur, Tom me souffle à l'oreille :

— J'ai eu une autre idée, mais je préfère continuer seul, ok ? Je vais te ramener.

Je me retourne immédiatement pour lui faire face.

— C'est quoi ton idée ?

— Parler au gardien de l'immeuble et voir si je peux entrer en contact avec le proprio de l'appart que louait Lucas.

— Ok, comme tu veux… De toute façon, je ne sais pas ce que tu espères trouver. La police a déjà dû parler à tous ces gens.

— Sans aucun doute, mais je veux essayer. Parfois, certaines personnes craignent de se confier aux enquêteurs.

Je hoche simplement la tête. Il a raison, mais je doute qu'il apprenne quoi que ce soit d'utile. Les enquêteurs me soupçonnent probablement parce qu'ils n'ont rien trouvé d'intéressant concernant Lucas. Rien, à part moi.

Je me laisse raccompagner par Tom. Il fait chaud, j'ai l'impression d'étouffer, et le trajet, pourtant très court, me semble s'éterniser. Je pense que Tom a remarqué mon changement d'humeur, mais il ne le commente pas. Il me reconduit à l'appartement presque sans un mot. Par contre, dès que l'on passe la porte d'entrée, il me prend dans ses bras sans rien dire et me serre longuement contre lui. Après un moment, il murmure à mon oreille :

— Tu es en sécurité ici. On va trouver une solution.

Pourquoi le contredire ? Je n'en ai pas la force. Je hoche faiblement la tête et le laisse repartir. Il est à peine seize heures trente, mais je suis épuisée. Je m'allonge dans le canapé en mettant sur une série sur l'ordinateur portable de Tom.

Quand je rouvre les yeux, il fait nuit noire et je suis toujours seule dans l'appartement. Je me redresse, allume toutes les lumières et me dirige vers la cuisine pour me chercher un verre d'eau et un truc à manger. Où est Tom ? Pourquoi est-ce qu'il n'est toujours pas rentré ? Je n'ai aucun message de lui sur mon portable. Je ne peux pas m'empêcher de m'inquiéter pour lui… Pourtant, j'essaie de calmer mes angoisses et retourne m'installer devant l'ordi. Au bout de vingt minutes, j'attrape quand même mon téléphone.

Est-ce que ça va ?

Je ne sais pas si le SMS était une bonne idée : maintenant s'il ne me répond pas, je vais probablement m'inquiéter encore plus… je suis vraiment grave. Les minutes passent et mon angoisse augmente. J'ai presque envie d'aller le chercher ; idée complètement irrationnelle. Enfin, mon portable se met à vibrer.

Oui. Je suis en chemin.

Enfin, je respire. Peu de temps après, j'entends la clé dans la serrure de la porte d'entrée.

— Je ne pensais pas que tu partirais aussi longtemps, lui dis-je en essayant au maximum d'adopter un ton détaché.

Il n'est pas dupe, mais me répond sur le même ton.

— Je suis allé voir le propriétaire de l'appart de Lucas. Il habite à Cannes, j'ai dû prendre le train, ça m'a pris plus de temps que je pensais.

— Et alors ? Tu as appris quelque chose ?

— Pas vraiment, m'avoue-t-il. Mais ça confirme ce que je pensais. Lucas avait des choses à cacher, et beaucoup d'argent. Il payait ses loyers en cash, plusieurs mois à la fois.

— Il fallait vraiment que tu ailles le voir en personne pour qu'il te dise ça ?

Tom hausse des épaules.

— Il m'a dit qu'il n'avait pas envie de parler d'un disparu par téléphone.

— Ok…

Même si je ne m'attendais pas à grand-chose, je suis tout de même déçue qu'il n'ait rien appris sur Lucas. Ça aurait été trop beau…

— Je commande des pizzas, tu veux quoi ? me propose Tom.

— Peu importe. Je ne sais pas si je peux avaler quelque chose.

Il hoche la tête et extirpe un menu d'un tas de papiers posé sur la table. Quand il parle au téléphone, je trouve que son accent ressort davantage que lorsqu'il s'adresse à moi. Est-ce que ça a toujours été comme ça ? J'avoue que je n'en souviens pas. Quand on était ado, je l'embêtais à le corriger dès qu'il me sortait une expression qui n'avait pas vraiment de sens en français. Je me rappelle que ça l'agaçait… Il n'a plus l'air de faire ça aujourd'hui. C'est drôle, mais peu à peu, l'image que j'ai de lui évolue. L'ancien Tom ne disparaît pas, mais il se métamorphose. Je me suis fait à ses cheveux plus foncés, à sa nouvelle carrure et à ce côté faussement froid. Ce qui est étrange, c'est qu'en comparaison, j'ai l'impression de régresser quand je suis avec lui. Enfin, je ne suis pas sûre que régresser soit le bon mot… non. Je ne régresse pas, au contraire, je reprends possession de moi-même. Je retrouve en partie la personne que j'étais avant.

— Est-ce que tu repenses encore à des trucs qui vont te faire déprimer ? lâche soudain Tom, avec un sourire moqueur.

Je lui lance un coussin à la tête.

— Mais non ! Et puis même si c'était le cas, j'ai des raisons de ne pas avoir le moral, non ?

— Garde le sourire, me répond-il avec un clin d'œil, avant de partir dans la cuisine. Tu veux du vin ?

— Pourquoi pas.

Il revient avec une bouteille et deux verres. Je le regarde déboucher la bouteille, toujours à moitié perdue dans mes pensées. Malgré toutes mes réticences à me réjouir de l'avoir retrouvé, ce que je ressens au fond de moi ne ment pas. Il me manquait tellement, et j'avais beau essayer, faire de mon mieux pour avancer, j'étais bloquée dans ma vie monotone. Pourquoi est-ce qu'il est le seul avec qui je suis capable de parler, comme ça ? Parce que je le connais depuis toujours ? Ça ne peut pas être seulement pour ça. Et pourtant, je sais que n'importe qui me dirait que je suis bêtement romantique… je me le répète moi-même tout le temps.

Chapitre 17

Le jour se lève lentement dans la chambre que j'occupe depuis maintenant plusieurs jours. Me réveiller à côté de Tom, c'est la seule chose qui me fait du bien dans le cauchemar éveillé que je vis. Sans lui, je ne sais pas où je serais et ce que je ferais. Blottie dans ses bras, je me rendors. Quand il finit par se lever, deux ou trois heures plus tard, je traîne encore au lit alors que lui commence à s'habiller.

— Tu sors ?

— Je vais juste chercher des croissants. Je prendrai des biscuits au passage, ça te va ? T'en manges une quantité pas possible.

Je me redresse pour l'embrasser et me recouche. Je ne sais pas vraiment ce qu'on fait tous les deux, mais être avec lui me semble complètement naturel, et je suis à peu près sûre que c'est ce qu'il se dit lui aussi. C'est étrange, je suis totalement à l'aise avec celui qu'il est devenu. Mais j'ai peur de rêver… et que le réveil soit terriblement dur. Pour le moment, il vaut mieux me concentrer sur la disparition de Lucas. Thomas a raison, il faut que je parle à la police, même si je redoute cette conversation.

Je me relève et commence à m'habiller. C'est décidé, après le petit-déjeuner, j'appellerai l'inspecteur Jannet, celui qui a l'air le plus gentil des deux, et je lui expliquerai tout.

J'ai à peine le temps d'enfiler un pantalon que l'interphone se met à sonner. Tom a dû oublier ses clés, je me lève et prends le combiné.

— Tom ?

— *Allo ? Tu peux m'ouvrir ?* dit une voix en anglais.

Je ne comprends pas trop ce qui se passe, c'est sans doute une touriste. C'est une femme, pas Lucas, je crois que je peux lui ouvrir sans paniquer. J'appuie sur le bouton et retourne dans la chambre finir de m'habiller. Deux minutes plus tard, quelqu'un frappe à la porte. Cette fois, une bouffée d'angoisse me monte à la gorge. Je choisis d'ignorer les coups et d'attendre que cette personne s'en aille. Malheureusement, elle insiste et je reconnais la voix de celle qui a sonné en bas. Bon, elle parle anglais, c'est peut-être une amie de Tom. Je prends mon courage à deux mains, regarde par le judas et constate qu'elle est seule. J'ouvre la porte et me retrouve nez à nez avec une jeune femme d'à peu près mon âge, une petite blonde avec une coupe carrée et de grands yeux bleus. Elle est toute en forme avec un joli visage arrondi, un peu rougi par l'effort puisqu'elle traîne deux valises.

— *Salut ! Est-ce que Thomas est là ? Ça fait deux heures que j'essaie de l'appeler, il ne répond pas à son foutu téléphone.*

Je comprends très bien l'anglais, mais je suis trop hébétée pour lui répondre tout de suite.

— *Vous parlez anglais ?* me demande-t-elle.

— *Oui, désolée. Thomas est sorti il y a dix minutes, il ne devrait plus tarder.*

Elle me regarde alors de travers, comme si elle venait de réaliser ce que ma présence chez Tom à cette heure-ci de la journée signifiait.

— *Et vous êtes ?*

Alors là, elle m'en pose une bonne.

— *Amy, une vieille amie de Thomas. Et vous ?*

— *Rose, sa petite amie.*

J'hallucine. Je crois que je pourrais tomber à la renverse comme dans un dessin animé. Au lieu de ça, je suis prise d'un fou rire nerveux. J'entends Ludivine dans ma tête qui s'exclame : « je te l'avais bien dit ! » et je ris d'autant plus. La pauvre Rose en face de moi doit me prendre pour une cinglée.

— *Vous voulez bien attendre un instant ?* dis-je en refermant la porte sans même attendre sa réponse.

Je refoule mes larmes et me précipite dans la chambre. Je fourre toutes mes affaires dans mon sac et je bénis le moment où j'ai décidé de ne pas tout déballer. Ensuite, je refais vite fait le lit, parce qu'après tout, ce n'est pas comme ça que je veux que cette fille apprenne ce qu'il s'est passé entre son copain et moi, et je rouvre la porte d'entrée.

— *Eh bien, vous pouvez entrer. Moi, je dois y aller. Dites à Thomas que… enfin… qu'il fallait que je parte.*

Cette phrase n'a aucun sens et de toute façon je m'en vais sans lui laisser le temps d'essayer de la comprendre. Mon sac sur l'épaule, je me retrouve vite en bas, toute seule dans la rue, à retenir par de gros efforts mes sanglots. Je ne veux pas prendre le risque de croiser Tom donc je prends la direction de la plage et je marche un long moment. Mon portable n'arrête pas de vibrer, mais moi je suis vide, je n'ai pas la force de répondre. Je tente juste d'assimiler ce qu'il se passe.

Donc, Tom a une copine. J'essaie de me souvenir pour voir s'il m'a parlé de cette Rose, mais je suis à peu près sûre que non, ou alors pendant mon sommeil. Il ne m'a rien dit sur elle. Pas même quand on a parlé de nos relations passées, ce qui est logique dans son cas puisqu'il est encore avec elle. Mais maintenant, tout s'explique, voilà pourquoi il était si distant au départ…

Le souci, c'est qu'en même temps j'ai la voix de Ludivine dans la tête qui l'insulte en continu, et ça, ça n'aide pas à me calmer.

— Putain, mais ce que je suis conne, lâché-je en me prenant la tête dans les mains. Je suis qu'une abrutie. Une abrutie à la rue en plus…

J'essuie mes joues et prends une grande inspiration. Je ne peux pas rester là comme ça. Il est temps de rentrer chez mes parents. Je vais rentrer et ne plus sortir de ma chambre jusqu'à ce que la police m'autorise à quitter la ville. Après ça, je prendrai le premier avion pour rentrer dans ma vraie maison. La vie de village est mille fois mieux que ce que je suis en train de vivre.

Je me relève de mon rocher et prends le chemin du retour en évitant soigneusement de m'approcher du bâtiment de Thomas, même si ça me fait faire un long détour. Dès que je rentre à l'appartement, mon père m'accueille en me prenant dans ses bras et il n'en faut pas plus pour que j'éclate à nouveau en sanglots. Mais je ne suis toujours pas prête à leur parler, encore moins leur confier les hypothèses pas très rassurantes de Tom. Alors, je suis mon plan et me réfugie dans ma chambre. Je me glisse dans mon lit et pleure un bon coup.

Je ne sais pas combien de temps s'écoule, mais au bout d'un moment, je reprends mon téléphone. Bien sûr, Tom m'a appelée. Il m'a aussi envoyé un SMS qui dit « appelle-moi ». Je préfère à la place rédiger un bref message : « Tom a une copine » que j'envoie à mes copines. S'en suit une longue suite de textos dans lesquels Ludivine se retient à peine de me dire qu'elle m'avait prévenue. Épuisée, je crois que je finis par m'endormir.

La sonnette de l'appartement me réveille en sursaut. J'ai un mauvais pressentiment et il se confirme dès que je reconnais les voix qui s'élèvent dans l'entrée : il s'agit de l'inspecteur Mayer et de son collègue l'inspecteur Jannet. Je sors de la chambre presque à reculons. Immédiatement, le plus vieux des deux inspecteurs me dit :

— Mlle Huot, vous allez devoir nous suivre.

Chapitre 18

Je suis accusée de meurtre. Enfin pas encore, mais c'est tout comme. Me revoilà au poste de police à répondre depuis deux heures au moins aux questions des enquêteurs. Je leur ai tout dit, j'ai demandé à parler à un avocat, puis je leur ai expliqué tout ce que j'avais découvert durant les dernières quarante-huit heures. Je crois que j'ai aussi beaucoup trop pleuré parce que je n'ai maintenant plus de larmes. Je ne sais pas ce qu'ils pensent de mon histoire. Ils vont sans doute interroger mes parents maintenant, et même leurs amis. Ils vont aussi interroger mes frères je suis sûre. J'avais demandé à mes parents de ne rien leur dire, mais là, ils sont probablement au courant.

Je continue de leur répéter que je n'ai pas tué Lucas. Je n'essaie même pas de me justifier ou de leur expliquer que même si j'avais eu la force physique de le tuer, je n'aurais certainement pas pu traîner son corps ailleurs. Je suis persuadée que si je le faisais, ils trouveraient une solution. Peut-être qu'on m'a aidée ? Peut-être que je suis plus forte que j'en ai l'air ? Peut-être que je l'ai découpé dans la baignoire avant de jeter les morceaux dans une des poubelles de la résidence ? Cette dernière solution fait très film glauque, mais pourquoi pas ? Alors je finis par ne plus rien dire. Je me couche sur la table et je ferme les yeux. De toute façon, je pense qu'ils ont fini de m'interroger, pour le moment. Ils ressortent tous les deux et comme la dernière fois, on m'apporte à boire et à manger.

C'est horrible, j'ai l'impression de m'habituer au fait d'être en garde à vue. La porte s'ouvre plus vite que prévu, c'est l'inspecteur Jannet qui revient.

— Mlle Huot, vous vous souvenez de cet objet ? me demande-t-il en me montrant une statuette de Bouddha.

— Euh… oui. Elle appartient à Lucas. Elle était sur le balcon, sur une petite table contre le mur.

— Elle a été nettoyée récemment, à l'eau de javel.

— Donc vous voulez dire que c'est l'arme du crime d'après vous ?

Il me dévisage pendant un instant.

— Elle est assez lourde pour éclater le crâne de quelqu'un, ou casser quelques dents, ce qui expliquerait les éclats qu'on a retrouvé dans le salon.

— Des éclats ? Hein ?

— De dents. Vous savez que l'eau de javel n'enlève pas toutes les traces de sang.

— Oui, je regarde des émissions criminelles des fois. Mais je vous répète que je n'ai rien fait ! Et j'espère que ce n'est pas l'arme du crime, j'espère qu'il n'y a aucun crime et que Lucas est quelque part. J'espère même qu'il est en train d'essayer de me faire accuser de son meurtre si ça veut dire qu'il est encore vivant.

L'inspecteur Jannet sort alors une photo qu'il place devant moi. Je ne sais pas de quoi il s'agit, c'est une image noire avec plusieurs cercles verts, qui encerclent... je n'en ai aucune idée.

— Qu'est-ce que c'est ?

— Ça, ce sont de minuscules gouttelettes de sang que nous avons trouvées sur la carrosserie de la voiture de vos parents, au niveau du coffre.

— Du sang ?

Ma question est stupide, mais je suis abasourdie. Ça n'a pas de sens.

— Le sang de Lucas.

— Ce n'est pas possible, vraiment. Je n'ai rien fait à Lucas, et je ne prends presque jamais la voiture de mes parents. Vous êtes sûrs que c'est du sang ?

L'inspecteur me regarde comme si j'étais la pire des demeurées.

— Écoutez, le plus simple maintenant c'est de tout nous avouer. Lucas vous a fait du mal ? Vous avez eu peur ? Ce n'était pas prémédité, c'est ça ? Parlez-moi, le juge sera plus clément si vous passez aux aveux et que vous nous expliquez ce qu'il s'est passé.

Je tourne la tête vers lui, désespérée.

— Je n'ai rien fait. Je ne peux pas vous parler d'une chose qui n'a pas eu lieu. La dernière fois que j'ai vu Lucas il était vivant et je lui ai dit que je le rappellerai, c'est tout.

L'inspecteur soupire.

— Bien, je vois que ça ne sert à rien d'insister... pour le moment. On verra combien de temps vous vous accrocherez à votre version.

Il se relève et remet sa chaise en place.

— Alors vous allez vraiment m'arrêter et me mettre en prison jusqu'à mon procès ?

— Pas aujourd'hui. Vous pouvez sortir, on va vérifier ce que vous nous avez dit et on a interrogé vos parents. En attendant, vous allez rentrer chez vous. Et n'essayez pas de quitter la ville.

— Non, j'ai bien compris...

Lasse et exténuée, je quitte la salle d'interrogatoire pour aller récupérer mes affaires avant de rejoindre l'entrée du poste. Mais avant même que la porte s'ouvre, je reconnais la voix forte de Max, mon plus grand frère. Je n'arrive pas à croire qu'il soit là, il a dû prendre la route dès qu'on m'a emmenée au poste, je ne vois pas d'autre explication.

Et Max n'est pas seul. Mon second frère, Alex, se tient à côté de lui. Tous les deux sont accompagnés d'une troisième personne que je ne connais pas, une femme à qui je donnerais environ trente-cinq ans. Dès qu'ils me voient, ils se taisent et Alex se précipite vers moi pour me prendre dans ses bras.

— Ça va petite sœur ? Ils t'ont bien traitée ?

— Oui, mais qu'est-ce que vous faites là ?

— Papa et maman nous ont appelés, me dit Alex. Et Max a demandé à Élodie de venir avec nous. Tu te souviens d'elle ? Elle était dans sa classe tout le lycée.

Maintenant qu'il le dit, je m'en souviens vaguement. On l'appelait « la grande Élo » parce qu'elle était... grande. J'ai longtemps cru qu'elle sortait avec Max alors que non. Il m'a dit des années après qu'ils étaient juste restés amis. Mais ça ne me dit pas ce qu'elle fait là. Oh... je viens de comprendre. Élodie est avocate, je crois.

Max s'approche à son tour de moi et me présente à nouveau Élodie.

— Ne restons pas ici, ajoute-t-il. Il faut qu'on parle.

J'acquiesce et les suis jusqu'au stationnement. On prend la voiture d'Alex, je m'assois à l'arrière avec Élodie, mais je préfère sortir mon téléphone que de faire la conversation. Malgré moi, je pense à Tom. Il n'a pas essayé de me recontacter depuis son dernier texto. Pourquoi ne l'a-t-il pas fait ? Est-ce qu'il sait que la police m'a de nouveau interrogée ? Peut-être, mais je doute que mes parents, qui savent à peine qu'il est revenu dans ma vie, aient pris la peine de lui envoyer un message alors qu'ils n'ont pas son numéro... Quant aux filles, avec ce qu'elles savent de lui maintenant, ça m'étonnerait qu'elles aient cherché à le contacter. S'il n'a pas insisté pour me reparler c'est qu'il doit préférer arranger les choses avec sa copine. Je soupire et envoie un rapide texto aux filles pour leur dire que je suis en chemin pour la maison. D'après les messages qu'elles m'ont envoyés, ma mère leur a dit ce qu'il se passait.

Alex gare la voiture dans un stationnement public et on fait le reste du chemin à pied. Une fois arrivée à la maison, j'ai l'impression que je vais assister à une sorte d'*intervention*, de réunion de crise. Je me prépare mentalement, j'ai déjà mal à la tête, mais je sais qu'ils sont tous là pour me sortir de là.

Ma mère a préparé une tonne de sandwiches jambon beurre et a sorti son stock de sodas pour accompagner tout ça. Je m'écroule dans le canapé et attends que tout commence.

— Amy, lance Max, Élodie a accepté de te représenter et elle sera avec toi si tu es à nouveau interrogée.

— Je crois que la prochaine fois ils ne se contenteront pas de m'interroger.

— Amy ! s'exclame ma mère.

— Soyons réalistes, je ne sais même pas pourquoi ils m'ont laissée sortir.

— On va dire que c'est parce que j'ai bien fait mon travail, me sourit Élodie.

— Et maintenant, qu'est-ce qu'on fait ?

— Il faut que tu te tiennes le plus tranquille possible. Continue de rester à leur disposition et demain, toi et moi, on va reprendre toute cette histoire depuis le début, d'accord ?

Je hoche la tête. Je lui suis vraiment reconnaissante, mais j'ai le sentiment que mon attitude n'est pas en accord avec mes pensées. Je crois que je suis juste trop fatiguée et stressée pour me montrer très aimable.

— Est-ce que papa et maman vous ont tout dit de leur côté ?

Une sorte de silence gêné s'installe. On dirait que oui... Ce sera ça de moins à expliquer à mes frères.

— Merci, Élodie. Merci à tous les trois en fait, d'avoir fait la route comme ça et d'être là pour moi. Je ne sais toujours pas comment j'ai fait pour me retrouver dans une situation pareille.

Mon père baisse la tête. Je m'en veux un peu, je n'ai pas envie qu'il s'accable, même si je sais que tout ça est, en grande partie, causé par une grosse connerie de sa part. Alex le remarque aussi et change de sujet de conversation subtilement. Je reste un long moment avec eux, à les écouter parler, surtout Alex qui a un don pour détendre l'atmosphère. Quand je décide d'aller me coucher, mes frères et Élodie rentrent rejoindre leur chambre d'hôtel, puisque l'appartement est trop petit pour tous les loger. Je remercie encore une fois Élodie, j'embrasse mes frères et mes parents et je m'enferme dans la salle de bain. Je fais de mon mieux pour tenir le choc, mais j'ai juste envie de me rouler en boule au fond de la douche pour me noyer sous l'eau chaude.

Pourtant, je ne le fais pas. Je refoule mes larmes, me mets en pyjama et me couche. Mon téléphone vibre, c'est Coralie. Les filles m'ont envoyé plein de messages encore pendant la soirée, j'y ai répondu de manière succincte en leur disant qu'on discuterait plus en détail le lendemain. C'est pour ça que je suis un peu surprise de voir un nouveau message de la jolie blonde.

Je suis vraiment désolée Amy. Je ne savais pas si je devais te le dire, mais Marie et Ludivine pensent que oui, alors voilà : j'ai vu Tom ce soir sur le port en train de manger avec sa copine. Enfin, je pense que c'était elle vu comment ils se comportaient. Je suis vraiment désolée, ma chérie. On pense que ça t'aidera peut-être à ne pas le recontacter. On t'embrasse fort.

Je fixe l'écran pendant de longues secondes avant de reposer mon portable sur la table de chevet. C'est vraiment les vacances les plus pourries de toute ma vie.

Chapitre 19

Il est presque onze heures quand je finis par émerger d'un sommeil agité. J'entends du bruit dans l'appartement, les voix de mes frères, et ma mère qui s'active sans doute en cuisine. Je refuse de regarder mon portable et me lève pour rejoindre la salle de bain. Après m'être débarbouillée vite fait, j'enfile un grand t-shirt et un pantalon de yoga et me décide à aller retrouver tout le monde. La lumière du salon m'aveugle et l'odeur du café me file presque la nausée. J'aimerais juste passer la journée au lit, mais on s'est mis d'accord pour *organiser ma défense*, alors je prends sur moi.

— Ça va, petite sœur ? me lance Alex en m'accueillant d'un bisou sur le front.

Je me contente de hocher la tête en réponse. Élodie est déjà là, je crois qu'il vaut mieux commencer tout de suite. Je refuse d'un geste de la main la tasse que ma mère me propose et me dirige directement vers Élodie.

— Bonjour, je suis prête si tu veux discuter.

— Tu ne perds pas de temps, commente Max. Tu ne veux pas manger quelque avant ?

— Pas faim.

Élodie acquiesce et sort quelques affaires de son sac. Dans ma poche, je sens mon portable vibre, mais je l'ignore.

Elle commence par reprendre avec moi tous les événements depuis le début, comme hier en fait, sauf que cette fois elle prend des notes, me demande des précisions, comme des noms, des numéros de téléphone et des adresses. Vers treize heures, sous l'insistance de mes frères, j'accepte que l'on fasse une pause pour manger. J'en profite pour envoyer des nouvelles aux filles, en prenant bien soin de ne pas lire les messages que je considère maintenant comme indésirables.

Une fois le repas expédié, Élodie poursuit le travail avec moi, sous l'œil attentif de Max, qui est resté dans les parages alors qu'Alex a traîné ma mère dehors. La tâche est longue et pénible, surtout quand on arrive aux derniers jours passés chez Tom. Je me retrouve à raconter à Élodie des choses que j'aurais préféré garder pour moi, surtout sachant que Max écoute. Il ne dit rien en apprenant le retour de Tom, mais je suis sûre qu'il bouillonne intérieurement. Lui et Ludivine devraient former le club des *je te l'avais bien dit…*

Mon portable vibre encore, mais je refuse d'y jeter un coup d'œil avant d'avoir terminé ce que je suis en train de faire avec Élodie.

La journée tire à sa fin quand la jeune avocate m'annonce qu'elle pense avoir assez d'informations. Je salue Élodie, que Max reconduit à l'hôtel, et m'installe avec ma liseuse sur le balcon en espérant parvenir à me détendre un peu.

Je suis toute seule pour la première fois de la journée, mon père est parti voir des amis, et maintenant que j'ai fini de tout raconter à Élodie, je suis enfin tranquille. Mais mon portable se met à vibrer à nouveau. Cette fois, je le prends et manque de me remettre à pleurer quand je vois le nom s'afficher sur l'écran. C'est Tom. Il m'a envoyé trois SMS. Mon cœur s'emballe en un quart de seconde. Je sais que je vais les lire alors autant abréger mes souffrances et le faire tout de suite.

Je suis désolé de ne pas t'avoir parlé de Rose. Je n'ai rien dit parce que je suis un con. Je ne suis plus avec elle depuis deux mois. Il faut que je te voie.

Je vais t'attendre à la plage.

Je ne compte pas abandonner.

Je mets déjà quelques secondes à assimiler la nouvelle. Mais je me souviens de ce que m'a dit Coralie et j'ai envie de l'appeler juste pour lui hurler dessus. Je ne peux plus lui faire confiance.

Lire. Je peux essayer de lire et d'ignorer ce connard. Il est déjà 20 h, je ne vais pas sortir. Je vais lire un peu et aller me coucher parce que cette journée m'a lessivée. Je suis dans un état de fatigue morale avancée, il faut que je dorme et la dernière chose dont j'ai besoin c'est de penser à Tom. Je reprends ma liseuse jusqu'à réaliser que je lis encore et encore les mêmes lignes. Exaspérée, je me lève pour aller chercher un verre de vin dans la cuisine et décide de me mettre devant la télé. Si je ne peux pas lire, je peux au moins regarder une émission débile. Je bois lentement mon verre, mais rien n'y fait, je ne peux pas me calmer. Il est maintenant presque 21 h, est-ce qu'il m'attend toujours ? Je ne vais quand même pas lui répondre, mais… je pourrais aller voir s'il est là.

Bordel, mais qu'est-ce qu'il me prend ? Je ne veux pas le voir ! Mais en fait si. Je veux savoir pourquoi il m'a fait ça. Je veux savoir qui est cette Rose et pourquoi il ne m'a pas dit qu'il était avec quelqu'un. Excédée, je bondis du canapé, attrape ma veste, mes clés et mes chaussures et sors de l'appartement sans un bruit. Je n'en ai pas pour longtemps, enfin… on verra. Dans la rue, mon cœur bat de plus en plus vite, j'ai mal au ventre, ma mâchoire est ultra tendue, je pense que je vais ressembler à un zombie en arrivant devant lui, s'il est encore là. Quel enfer.

Je me dépêche de rejoindre la plage. Mon ventre se serre, mes mains tremblent d'énervement et ma respiration s'accélère. Personne ne m'a jamais mise dans un tel état. Est-ce que c'est la preuve que c'est vraiment lui que j'ai toujours aimé ? Pourquoi je pense à ça maintenant ? C'est sans doute la pire chose que je peux me dire alors qu'il va sans doute me sortir un tas de conneries pour justifier ce qu'il a fait.

Enfin, le bruit des vagues. J'avance sur le chemin de terre qui mène jusqu'à la plage. Il fait nuit, quelques personnes traînent encore au bord de l'eau et Tom est là. Il est assis sur son rocher, toujours le même. Il ne me voit pas, mais il finit par entendre mes pas sur les galets. Quand il se retourne vers moi, je sens des larmes me monter aux yeux parce que je n'ai qu'une envie : me jeter dans ses bras. Je veux tout lui pardonner tant qu'il accepte de rester avec moi. Mais non, je recommence à délirer !

— Je ne pensais plus que tu viendrais, lâche-t-il.

Son visage est impassible. Je n'arrive pas à dire ce qu'il pense en ce moment. Est-ce qu'il est soulagé ? Content ? Désolé ? Je n'en ai aucune idée en l'observant.

— Je suis là, dis-moi ce que tu voulais me dire.

Il soupire. Maintenant, je vois qu'il est gêné. C'est une première.

— Rose n'a pas eu mon message qui disait de ne pas venir. J'ai oublié de confirmer avec elle.

— Je m'en fous de ça, Tom. Pourquoi tu ne m'as pas tout simplement dit que tu n'étais pas libre ?

— Parce que ce n'est pas le cas.

— Quoi ? Je ne comprends rien. Bien sûr que tu n'es pas libre puisque ta copine s'est pointée chez toi !

— C'est mon ex, Amy. On n'est plus ensemble. Plus depuis trois mois. On a rompu en avril et elle a déménagé de mon appart.

— Mais alors qu'est-ce qu'elle faisait là ?

— Elle a pris son billet d'avion en février et elle ne pouvait pas changer les dates alors on s'était dit qu'elle viendrait quand même passer la semaine ici. On ne s'est pas quitté en mauvais termes.

— Mais elle m'a dit qu'elle était ta copine.

— Oui, c'est aussi ce qu'elle m'a dit de votre rencontre.

Je ne comprends rien à ce qu'il me dit, ou plutôt, je refuse de tenter de lire entre les lignes.

— Et pourquoi elle a fait ça, d'après toi ?

— Parce que ça l'a fait chier de te trouver chez moi. Elle a compris qui tu étais et elle m'a dit que ça l'avait blessée. On s'est expliqué et elle est repartie à Londres cet après-midi.

— Et je suis censée te croire sur parole ? Peut-être qu'elle a juste compris ce que tu lui as fait et qu'elle a décidé de te plaquer pour de bon. Tu ne m'as jamais parlé d'elle. Et puis d'abord, depuis combien de temps vous étiez ensemble ?

— Depuis trois ans.

— Trois ans ! Tu t'es bien foutu de ma gueule. Tu ne m'as pas caché une petite relation de quelques semaines ! Cette fille, c'était vraiment sérieux, hein ?

— Oui.

— Pourquoi vous avez rompu ?

Tom regarde ailleurs, il n'a pas l'air d'avoir envie de me répondre.

— Parce que je ne l'aimais pas vraiment et que j'en avais marre de la laisser croire qu'il y avait plus entre nous.

Je le dévisage un moment. J'essaie de capter, dans la pénombre, des regrets dans son regard.

— C'est tout ce que tu as à dire ?

— Je crois qu'il n'y a rien à dire, Amy. Je ne veux pas chercher à me défendre, j'aurais dû te parler d'elle, mais ça me faisait chier de le faire.

— Mais bordel, pourquoi ?

— Parce que ça voulait dire t'expliquer que je suis resté avec une fille que je n'ai jamais vraiment aimée, juste parce que je n'avais plus envie d'être seul.

Là, je ne sais plus quoi dire.

— Maintenant, tu sais, conclut-il.

— Ça ne te ressemble pas… Tout ça, ce que tu me dis ce soir, et tes raisons pour… je ne trouve même pas les mots. En fait, je crois que ça me fait réaliser à quel point tu as changé. J'ai voulu croire que tu étais le même, au moins en grande partie, mais ce n'est pas le cas.

Il continue de me fixer. Je devine que je l'ai blessé, mais je veux être honnête avec lui, et surtout avec moi-même. Depuis le départ, j'étais sceptique parce que l'idée que l'on puisse mettre de côté, d'un coup de baguette magique, ces huit dernières années, me paraissait naïve… Il m'a quand même laissée, il a tiré un trait sur moi sans me donner d'autres explications que ses quelques SMS que j'ai relus un millier de fois. Et là, il est juste réapparu comme si tout pouvait être effacé. J'avais raison d'être sur mes gardes. Malgré ça, je me retrouve avec le cœur à nouveau en miettes.

— Viens boire un verre, juste pour parler.

Je secoue la tête. Je ne peux plus jouer à ce jeu. Je ne peux plus me faire souffrir moi-même en acceptant cette torture. Je dois vraiment m'éloigner de lui, ce n'est plus possible.

— Non, on a assez discuté. Je sais plus quoi te dire. J'aurais vraiment voulu que ça marche. Je voulais te retrouver. Mais Tom, regarde les choses en face : on a tous les deux fait notre vie. Qu'est-ce qui nous attend de toute façon ? Tu vas repartir de ton côté et moi du mien, alors qu'est-ce qu'on espérait ? Le coup de ta copine qui débarque ça aura juste été la sonnette d'alarme qu'il nous fallait pour sortir de cette espèce de délire d'ados.

— Amy, viens avec moi. Je sais que j'ai vraiment merdé. Mais s'il te plaît, rentrons.

— Je ne veux plus de toi. Je refuse de repasser par tout ce que j'ai vécu quand tu es parti. Ça recommence déjà, tu vois ? Je vais encore me ramasser la gueule à essayer de t'oublier. Pourquoi tu es revenu dans ma vie ? Ludivine avait raison, tu aurais dû me laisser, je n'avais rien demandé !

— C'est vraiment ce que tu penses ?

Je ne retiens même pas mes larmes.

— Oui. Je veux que tu t'en ailles pour de bon. Je préfère ma vie de vieille fille paumée dans la campagne à ce que je ressens depuis hier. Je ne nageais pas dans le bonheur, mais je gardais au moins la tête hors de l'eau. Alors, laisse-moi, s'il te plaît.

Il semble accuser le coup.

— Je vais rentrer, bonne nuit Tom.

— Je te ramène, propose-t-il.

— Non merci.

Il n'est pas d'accord, mais je le vois hocher la tête dans la pénombre. Je ne perds pas une seconde pour regagner le chemin. À mesure que je m'éloigne de lui, je me sens de plus en plus mal. Je ne sais plus où j'en suis, ni ce que je dois croire, ou si j'ai eu raison de m'en aller. Mais je pense ce que je lui ai dit, tout est vrai. Lui et moi, on n'a aucun avenir, et quelque part, heureusement que cette Rose est venue me le rappeler. Alors pourquoi ça me fait si mal ?

J'essuie mes joues et j'essaie de me reprendre puisque j'approche de la rue principale en longeant une ruelle adjacente. Perdue dans mes pensées, je me décale contre la façade d'un immeuble pour laisser passer une camionnette qui s'avance derrière moi. Et tout d'un coup, j'ai une montée d'adrénaline, comme si je venais de réaliser que quelque chose clochait depuis quelques instants. Mais tout va ensuite trop vite, le véhicule s'arrête, la fenêtre est ouverte et le canon d'une arme me menace directement.

— Donne-moi ton portable et monte à l'arrière.

Je reconnais cette voix. Ce n'est pas possible, mais je la reconnais quand même. Je ne peux pas fuir, je comprends qu'il n'hésitera pas à tirer. Je sors mon téléphone de la poche arrière de mon short, et le tends d'une main tremblante. Mon agresseur le saisit et me fait signe de monter. Je n'ai plus le choix, j'ouvre la double porte arrière et monte à l'intérieur. À cet instant précis, ma vie s'arrête.

Chapitre 20

J'ai les mains et les jambes attachées, la bouche bâillonnée avec du scotch, alors que je suis allongée à l'arrière de la camionnette. Lucas a fait ça en quelques secondes, avant de démarrer en trombe, je n'ai même pas eu le temps de protester, et encore moins le courage. Il a verrouillé toutes les portes et dès qu'il a quitté le port, il a pris la direction de l'autoroute. On roule depuis une vingtaine de minutes. Je suis dans un état second, je sais que je suis en panique totale dans un coin de ma tête, mais sans savoir comment, j'arrive à me maîtriser.

Lucas est vivant. Lucas vient de m'enlever, il me menace avec une arme et m'emmène sans doute pour me tuer à l'abri des regards. Je vois mon téléphone à côté du levier de vitesse et je regrette tout de suite de ne pas m'être débattue. Pourquoi lui ai-je obéi comme ça ? Parce qu'il braquait une arme sur moi, oui c'est sûr que c'est un outil assez persuasif, mais qu'est-ce que ça change puisqu'il va sans doute me tuer ? Ou pire...

Non, il ne faut pas que je pense à ça. Je vais me concentrer sur l'instant présent. Je vais regarder où il me conduit. On roule vers Cannes, j'aperçois un bout du panneau quand on prend un rond-point. Lucas roule un moment puis quitte soudain l'autoroute en direction de Grasses. De là, très vite, il s'engage dans sur une petite départementale qui traverse les bois. J'ai de plus en plus l'impression qu'il compte m'exécuter derrière un arbre, mais je me force à ne pas y penser ; il faut que je garde espoir.

Au bout d'une quinzaine de minutes, il prend un chemin de terre battue et ralentit. On s'arrête devant un portail. Je pleure de soulagement à l'idée qu'il ne va peut-être pas me tuer tout de suite, parce qu'une fois qu'on a passé le portail, j'aperçois la forme d'une maison. Lucas se gare, prend son temps pour descendre et vient m'ouvrir. Je peux à peine marcher avec mes jambes liées, donc il me traîne par le bras sans ménagement, l'arme toujours pointée sur moi. La maison, une jolie villa, est éteinte. Il n'allume qu'une lumière en rentrant, celle de la cuisine. C'est là qu'il m'attache à une chaise avec une corde d'escalade qu'il avait probablement préparée plus tôt, avant de disparaître dans le couloir.

Je ne comprends pas comment il a fait pour me trouver dans la rue. Est-ce qu'il me suivait depuis des jours ? Il avait tout planifié en tout cas, ça, c'est évident. Mais pourquoi m'enlever ? Il m'avait déjà fait accuser de sa disparition, ce n'était pas suffisant ? Tout ça n'a aucun sens et j'ai peur de ce qu'il va me faire.

Mais je n'ai pas le temps de m'attarder sur mes pensées, car j'entends les pas de Lucas se rapprocher. Il entre dans la cuisine et je découvre dans ses yeux un nouveau regard terriblement froid.

— Lucas… Je croyais que tu étais mort. Qu'est-ce qu'il s'est passé ?

Il ne me répond pas. En fait, il ne m'accorde pas le moindre regard. Il vide un sac sur le plan de travail, mais de là où je suis, je n'arrive pas à voir ce qu'il fait exactement.

— Pourquoi tu me fais ça ?

Toujours rien. J'inspire un grand coup. Qu'est-ce que je pourrais faire ? Mon téléphone est tout là-bas, sur la table, je n'ai aucun moyen de l'atteindre, attachée comme je suis. Crier ne servirait à rien, on est vraiment dans un coin isolé... Peut-être que je pourrais réussir à abîmer la corde avec mes ongles ? Non, c'est stupide, on n'est pas dans un film débile et la corde a l'air neuve. Merde !

— Lucas ?

Je l'ai appelé sans réfléchir. Je crois que tenter de lui parler est la seule solution qu'il me reste. Mais qu'est-ce que je peux lui dire ?

— Quoi ? Tu cherches encore une explication ? me demande-t-il sans se retourner.

— Mais bien sûr ! Pourquoi tu t'en prends à moi comme ça ? Depuis le début, tu me manipulais, c'est ça ?

— Tes parents ne t'ont rien dit ?

— Si, je sais pour ta mère. Mais... je... enfin Lucas, tu ne vas quand même pas me tuer, moi ?

Il fait alors un pas vers moi et je me sens soudain toute petite et dangereusement vulnérable.

— Je ne voulais pas en arriver là, mais la police n'a pas l'air de te croire responsable de ma disparition.

— Tu veux me faire peur pour que je leur avoue tout ? Tu vas me forcer à avouer ?

Il secoue lentement la tête.

— C'est fini tout ça. Maintenant que tu es ici, je sais que je peux avoir ce que je veux.

Je suis saisie d'effroi.

— Mais d'abord, je veux que tout le monde comprenne ce qui est en train de se passer. Je veux qu'ils sachent que tu es avec moi.

J'ai le souffle coupé par l'angoisse. Je ne veux pas mourir. Est-ce que je peux le raisonner ? Je ne sais pas, je ne sais même pas comment faire.

— Attends, une fois qu'ils sauront que tu m'as enlevée, ils seront après toi. Tu seras traqué, tu…

Il balaie mes arguments d'un geste de la main.

— J'en ai rien à foutre.

— Et de moi aussi, tu n'en avais rien à faire ?

Il ignore ma question.

— Dis-moi Lucas ! Tu avais l'air sincère ! Tu avais vraiment l'air sincère. J'ai du mal à croire que tu aies fait semblant.

— C'était le but.

— Tu es sûr ? Tu es sûr que c'est comme ça que tu veux que ça se termine ?
— Tu te fatigues pour rien, répond-il.

Lucas quitte la pièce et revient quelques instants plus tard avec un second sac. Il en sort un appareil photo qu'il pose sur la table. Je le regarde faire, comme sortie de mon corps. Je ne réalise pas ce qui est en train de se passer, je suis au-delà de la terreur. Mais mes yeux ne peuvent se détacher de lui. Je le vois ouvrir un tiroir et en sortir un couteau de cuisine. Là, c'est plus fort que moi, je me mets à tirer sur mes liens de toutes mes forces, en vain. Il s'approche de moi et m'attrape par les cheveux. D'un geste sec, il me tire en arrière. Je n'arrive même pas à hurler quand la lame se lève au-dessus de mon visage. Mais rien, le coup ne vient pas. Lucas vient de me couper les cheveux. Quand il me relâche, plusieurs longues mèches sont éparpillées autour de moi.

Il ne s'arrête pas là. Il fait ensuite glisser la lame sur mon t-shirt et le déchire jusqu'au nombril, en éraflant ma peau au passage. Une fine plaie fait lentement ruisseler mon sang sur ma peau. Visiblement satisfait de son tableau, Lucas recule de trois pas et se saisit de l'appareil photo. Quelques instants plus tard, je suis éblouie par un flash puissant, mais une seule idée m'obsède : il va leur envoyer ça. J'ai mal en imaginant ce que mes frères et mes parents vont subir en découvrant ces images, et ce ne sera que le début de leur enfer. Et Tom... Les larmes me montent aux yeux. J'ai vraiment fait n'importe quoi. Je l'ai rejeté par orgueil. C'est ça. Une partie de moi voulait qu'il ressente ce que j'ai ressenti quand il m'a laissée. Une partie stupide de moi. Je l'aime, je l'ai toujours aimé et je vais mourir sans qu'il sache à quel point.

Lucas a sorti un ordinateur portable et y a inséré la carte SD de l'appareil photo. Par cruauté sans doute, il a tourné l'écran vers moi pour que je puisse me voir en photo, mes cheveux coupés n'importe comment, à moitié dénudée, le regard affolé et la poitrine ruisselante de sang. Ça doit faire partie de son plan pour me terroriser et que je me tienne tranquille. C'est réussi. Pourtant j'aimerais pouvoir faire quelque chose. J'aimerais me battre, mais comment ? Il m'a bien attachée et je ne vois pas de quelle façon je pourrais me libérer.

— Ne leur envoie pas ça, m'entends-je dire en le voyant ouvrir une page mail. S'il te plaît.

Encore une fois, il m'ignore complètement.

— Ils vont rapidement voir d'où ça vient et nous retrouver.

Mais qu'est-ce qu'il me prend ? Pourquoi je lui dis ça ?

— Non. Ils auront du mal. Et de toute façon, je serai loin quand ils le feront.

— Loin ? Tu crois que tu vas pouvoir t'enfuir ? Tout le monde va te chercher.

— Ne t'inquiète pas pour moi, c'est grand l'Europe...

Je n'arrive à rien. Il se fout de ce que je lui dis.

— Lucas, est-ce que tu vas au moins les laisser me retrouver ?

Il délaisse un instant son écran pour se tourner vers moi. Je vois qu'il a très bien compris le sens de ma question.

— Est-ce que tu crois que ton père a démontré la moindre sensibilité envers ma mère et moi ? Est-ce qu'il l'a aidée quand elle a sombré ? Non, il l'a lentement regardée couler… Quant à moi, il m'a laissé tomber, lui qui disait qu'il me considérait comme son fils.

— Mais putain ! Je n'étais au courant de rien il y a deux semaines, tu comprends ? Pourquoi tu me fais ça à moi ? Si tu le hais autant, pourquoi tu n'as pas plutôt enlevé mon père ?

— Tu sais pourquoi, j'en suis sûr. Il faut taper là où ça fait mal.

— Et tu te moques des dommages collatéraux ? Je n'ai rien demandé à personne, je ne mérite pas ça.

— Je suis d'accord. Je ne méritais pas ça non plus, tu vois ? Je ne méritais pas que ton père vienne foutre ma vie en l'air, lâche-t-il avant de se retourner vers son ordinateur.

C'est fini. Je n'arriverai jamais à le convaincre de m'épargner. Je me tais pendant qu'il termine de charger les photos et de les envoyer. Quand il a fini, il rabat l'écran et quitte à nouveau la pièce en éteignant la lumière. Je suis maintenant toute seule, dans le noir. Malgré la douceur cette nuit d'été, j'ai froid. Et c'est comme ça que je vais passer les dernières heures de ma vie.

Chapitre 21

Je me réveille en sursaut. Il fait presque jour et Lucas est à nouveau assis devant son ordinateur. Je suis frigorifiée et j'ai terriblement envie de faire pipi, mais je referme les yeux en espérant que Lucas ne me remarque pas. J'entrouvre les paupières et j'essaie de voir ce qu'il fait, mais il s'est assis de telle manière à masquer la majeure partie de l'écran. Au bout d'un moment, je ne sais pas combien de temps, il se lève et pose une main sur mon épaule.

— Ils ont vu les photos, lâche-t-il dès qu'il croise mon regard.

Il me dit ça comme s'il avait accompli quelque chose, et j'imagine que c'est la satisfaction de voir son plan se dérouler sans accroc. Il faut que j'essaie de continuer à le faire parler.

— Explique-moi s'il te plaît, comment tu as fait pour faire croire à la police que tu étais mort ? Et comment tu t'y es pris pour me faire accuser de ta disparition ?

— Ce n'était pas très difficile.

— Dis-moi quand même. Tu peux bien m'expliquer, maintenant que tu as gagné.

— Si tu veux. Le plus embêtant, ça a été d'essayer de te séduire. Pour ça, j'avoue que tu m'as donné du fil à retordre. Mais ça faisait partie du jeu. Je voulais que tes parents voient le piège se refermer lentement sur eux.

— Pour le sang, tu as fait comment ?

Il retrousse alors les manches de sa chemise pour me montrer l'intérieur de ses bras, meurtris par deux énormes hématomes verdâtres. Il s'est fait ses propres prises de sang.

— Et pour l'éclat de dent, tu te l'es arraché tout seul ?

— Pas la peine. Ma mère a gardé toutes mes dents de lait, j'en ai éclaté une, c'est tout.

— Tu as vraiment pensé à tout. Mes empreintes qui étaient partout chez toi, comment tu as fait ça ?

— Tu n'es pas bête, non ? À la base, je ne te pensais pas si prude, je me disais que ce serait simple de te ramener un soir à la maison, mais non. Alors j'ai fini par t'inviter boire un café, avant que tu me laisses tomber pour ce type. Ton ex, c'est ça ? Bref, tu ne te souviens pas que je t'ai demandé d'attraper des trucs dans les placards ? Et dans le salon, même chose. Il suffisait d'orienter un peu la conversation, et que je te fasse visiter. En plus, tu es allée dans la salle de bain toute seule.

— Et les taches de sang dans la voiture…

— Sur la voiture. Au niveau du parechoc, près du coffre. Je ne voulais pas forcer une serrure et laisser des traces. Je me suis dit que quelques gouttelettes de sang vers le coffre, ça donnerait l'impression que vous aviez lavé la voiture, ou mis une bâche pour protéger la voiture.

Je hoche la tête, sonnée.

— Je ne comprendrais jamais pourquoi tu… Pourquoi tu me fais ça. Qu'est-ce que ça va changer à ta vie ?

— Tu l'as dit, tu ne comprendras jamais, dit-il en reculant de quelques pas.

— Maintenant, tu vas me tuer, c'est ça ?

Il acquiesce, sans me lâcher des yeux.

— Allons-y. Je n'ai pas envie de salir la maison.

Son arme est sur la table et il tient un couteau. Il défait quelques-uns de mes liens, mais mes jambes et mes poignets restent attachés. Il me force à me redresser.

— Tu as déjà tué quelqu'un ?

Lucas garde le silence, mais je me doute de la réponse. Je ne pense pas qu'il soit déjà passé à l'acte, toute sa haine semble concentrée sur ma famille.

— Tu n'as pas peur de ce que ça fait ?

Je suis consciente de jouer un jeu dangereux, mais je n'ai vraiment plus rien à perdre. J'essaie n'importe quoi, je veux le ralentir, ou le faire réfléchir ou culpabiliser ou je ne sais pas.

— Ça va te marquer à vie. Ça va te bouffer de l'intérieur. Et tout ça pour quoi ? Ta mère aurait voulu ça, tu crois ?

Mais Lucas ne montre aucune réaction. Il ne s'énerve pas comme dans les films, il n'explose pas d'une colère longuement refoulée. Non. Il ne laisse rien échapper.

— Laisse tomber Amy. Je prépare ça depuis longtemps. C'est ma vengeance. Une vie pour une vie. Tu es une fille sympa et c'est justement pour ça que ça colle si bien. Tu es innocente et ce sont les innocents qui paient toujours. Maintenant, on y va.

— Où ?

— Dans un coin où on ne te retrouvera jamais.

Je me remets à trembler.

— Je t'en supplie Lucas. Je t'en supplie, dis-moi ce que je peux faire pour arrêter tout ça. Tu veux que je t'aide à te venger de mon père ? Tu veux quoi ?

Mais il me traîne inexorablement vers la porte d'entrée. Dehors, le ciel est d'un bleu éclatant et je découvre les environs boisés de cette villa dont je n'ai vu que la cuisine. Lucas me pousse à l'arrière de la camionnette et m'attache à un siège. Je crois qu'il n'y a plus rien à faire, cette fois tout est fini. Il va m'emmener en forêt, quelque part dans l'arrière-pays et m'abattre. Il a raison, on ne retrouvera jamais mon corps.

Le véhicule démarre et fait demi-tour pour sortir du terrain. Au moins, Lucas ne m'a pas torturée. Je vais mourir vite, je crois. Je ne peux pas m'empêcher de penser à Tom qui va s'en vouloir sans doute pour toujours de ne pas avoir pu me retenir hier soir. J'aimerais tellement lui dire que ce n'est pas de sa faute… je voudrais que mes parents le sachent aussi. Rien de ce que mon père a fait ne justifie mon sort. Mais ça, ils ne l'accepteront jamais.

Soudain, le véhicule freine d'un coup sec et je suis propulsée vers l'avant, retenue fermement par ma ceinture.

— Merde !

Tout se passe ensuite en un instant. La camionnette accélère d'un coup et j'ai juste le temps de comprendre que plusieurs voitures nous bloquent la route. Lucas a l'air d'avoir pris sa décision, ils leur foncent dessus. Je m'entends pousser un long cri et puis c'est l'impact. Le véhicule sort de la route et je me sens voler de tous les côtés avant de m'écraser sur le côté de l'habitacle.

Je perds connaissance. Quand j'ouvre les yeux, je mets quelques secondes à comprendre que la camionnette est couchée sur le côté. Je relève la tête pour chercher Lucas, mais je ne le vois pas. Je sens pourtant une main qui me tire violemment vers l'avant. Je rouvre les yeux, c'est Lucas qui vient de m'attraper. Moi qui suis toujours attachée au niveau des pieds et des bras, je ne peux pas lui résister. Il réussit à ouvrir une portière et me traîne à l'extérieur, la lame de son couteau fermement appuyé contre ma gorge. Il va me tuer, je ne sais même pas pourquoi il ne l'a pas déjà fait.

Des silhouettes noires s'agitent autour de nous, toute une équipe de police est là. Le sang qui ruisselle de mon front me brouille la vue, j'ai tellement mal à la tête… Je voudrais revoir Tom une dernière fois, c'est tout ce que j'arrive à me dire.

— Lucas, c'est fini.

Je m'entends lui dire ça, mais je ne suis pas sûre qu'il m'écoute encore. Je peux juste sentir son corps se contracter un peu plus contre le mien.

Lucas recule, il hurle sur les policiers qu'il va me tuer s'ils bougent. Moi, s'il ne me tenait pas, je chancellerais, je suis à bout de force et trempée par ma propre urine.

Un bruit éclate près de mon oreille et je bascule brusquement vers l'avant sous l'effet du poids du corps de Lucas. En un instant, je me retrouve la tête contre le sol, Lucas sur moi. Il est mort, je le sais d'instinct, mais je ne bouge pas. Je ne suis pas sûre d'être moi-même encore en vie.

Tout devient flou, je ferme les yeux. Je sens que le poids se lève.

— Mademoiselle ? Mademoiselle ? Vous m'entendez ?

Un policier se tient au-dessus de moi. Je grogne quelque chose en essayant d'acquiescer, mais je réalise alors qu'il me maintient la tête. Il me passe une minerve autour du cou et me soulève le temps que quelqu'un d'autre me place sur une civière.

— Qu'est-ce qui s'est passé ?

Ma voix est si faible que personne ne m'entend.

— Je vais bien, dis-je plus fort.

Je suis transportée dans une ambulance et je tente de me redresser.

— Ne bougez pas mademoiselle.

Plusieurs personnes s'affairent autour de moi.

— Je vais bien je vous dis. Laissez-moi, je dois parler à la police.

— On vous emmène à l'hôpital.

— Mais je vous dis que je vais bien !

— Vous venez d'avoir un violent accident, dit une voix que je reconnais comme étant celle du policier qui était près de moi plus tôt. Restez tranquille, on s'occupe de vous.

— Et Lucas ? Il est mort, hein ?

— L'homme qui était avec vous a été pris en charge. Les inspecteurs viendront vous voir à l'hôpital.

— Ma famille ! Prévenez mes parents s'il vous plaît.

— Ne vous inquiétez pas. Allez-y.

Les portes de l'ambulance se referment. Mon cœur bat la chamade, je veux savoir. J'ai du mal à respirer, mais je prends sur moi et je ferme les yeux pour me calmer.

Je me réveille dans un couloir blanc, on vient d'arriver à l'hôpital et on m'emmène directement faire des examens. Les heures s'écoulent et me donnent l'impression d'être dans une autre dimension.

Personne ne me parle de Lucas ni de ce qui m'est arrivé. Je ne sais pas si mes parents ont été prévenus, je ne sais rien. Mais ce que je finis par apprendre, c'est que je vais effectivement assez bien. J'ai des bleus qui me font horriblement mal quand je respire, mais c'est tout.

À peine arrivée dans ma chambre, deux inspecteurs m'attendent. Le premier me dévisage d'un air inquiet, quant au second, il garde une expression neutre.

— Comment vous vous sentez, Amy ? me demande l'inspecteur Jannet.

— J'apprécie votre intérêt, mais ça n'a pas d'importance. On a dû vous dire que j'allais bien, globalement. Dites-moi ce qu'il en est de Lucas ? Et est-ce que ma famille sait ce qu'il s'est passé ?

L'inspecteur Jannet hoche la tête.

— Vos parents et vos frères sont ici.

— Mais vous vouliez me parler avant de les autoriser à me voir, c'est ça ?

— On a besoin d'avoir votre version. Tout ce qu'on sait c'est que Lucas vous a enlevée et séquestrée.

— Vous avez reçu les photos ?

— Vos parents les ont eues, oui, me répond Mayer.

— C'est grâce à elles que vous m'avez retrouvée ? Vous avez pu tracer l'adresse IP de Lucas ou quelque chose comme ça ?

— Non, continue Mayer. On n'a pas eu le temps. Tout était brouillé et le temps d'avoir les autorisations… bref. Non.

— Mais alors, comment ?

— Grâce à la villa que Lucas louait. On a pu retrouver l'agence immobilière qui s'est chargée de la location. Ce serait long et compliqué de tout vous expliquer maintenant. Tout ce que je peux vous dire pour le moment, c'est que Lucas a commis une erreur en prenant cette maison.

— Mais comment vous avez fait pour…

— Est-ce qu'on peut prendre votre déposition maintenant ? m'ignore l'inspecteur Mayer. Comme ça, vous pourrez continuer à vous reposer.

Je me sens forcée d'acquiescer. L'inspecteur Jannet installe le matériel d'enregistrement et commence à me questionner. Très vite pourtant, il me laisse complètement la parole alors que je reprends depuis le début tous les événements depuis que

Lucas m’a poussée dans la camionnette. Je crois que le raconter me fait reprendre conscience de l’horreur de ces dernières heures. Mais en même temps, j’ai l’impression qu’une partie de mon cerveau bloque encore l’information, comme pour éviter que je ne m’effondre.

— Est-ce qu’il est mort ? Personne ne m’a rien dit sur lui.

— Oui. Vous ne risquez plus rien. Il a agi seul.

— Alors vous laissez tomber le dossier que vous aviez contre moi ?

— Il n’y a plus d'affaire.

— On a fini, conclut Jannet. Reposez-vous. Pour le reste, on vous recontactera.

Je garde le reste de mes questions pour moi. Ils ont raison, je dois me reposer. Raconter cette horrible nuit m’a vidée. Je me rallonge contre sur le matelas et les salue d’un geste de la main. Quelques instants après, une infirmière rentre pour contrôler mon état et une aide-soignante m’apporte un plateau avec deux biscottes, une compote et un café. C’est tout ce que j’ai le droit de manger pour le moment.

J’avale mon maigre repas et m’assoupis. À mon réveil, ma mère est à côté de moi, le regard dévasté par l’inquiétude.

Chapitre 22

— Ma pauvre chérie ! gémit une nouvelle fois Coralie. Je n'en reviens pas qu'il s'en soit pris à toi comme ça.

Il est tard, ou du moins j'en ai l'impression. En vérité, je pense qu'il est à peine dix-sept heures et j'ai envie d'être seule. Mais quand on m'a dit que mes copines insistaient pour me voir et que les heures de visites étaient presque terminées, je n'ai pas eu le courage de refuser.

— On est là pour la soutenir Coralie, pas pour lui faire repenser à tout ça, grogne Ludivine. On va s'occuper de toi, tu vas voir. Si tu veux, j'organiserai un week-end en Italie, pour couper un peu.

— Ce n'est pas bête, parce que tes parents vont avoir besoin de souffler aussi, renchérit Coralie.

— Pourquoi pas…

— Tu as l'air crevée, commente Sarah. On ne va pas te déranger, mais est-ce que tu as besoin de quelque chose avant qu'on parte ?

— D'un chargeur. On m'a rendu mon téléphone tout à l'heure, mais il est vide et je n'ai rien pour le charger.

— Ah, attends. Prends le mien. J'en ai un autre à l'appart, dit Marie en me tendant le câble.

— Merci.

— Hm, tu as dû recevoir des dizaines de messages depuis ce matin, dit Sarah.

— J'en doute, souris-je.

— De nous déjà ! reprend Coralie. Dès que j'ai su que tu étais ici, j'ai essayé de t'appeler. Enfin, tu verras.

— Et de Thomas sans doute aussi, ajoute Marie.

— Est-ce qu'il est au courant, de… vous l'avez prévenu ?

J'essaie de poser la question de manière détachée, mais je sens moi-même que ma tentative a échoué en voyant les regards que se lancent les filles.

— De quoi tu parles ? me demande Ludi.

— Est-ce que Thomas sait ce s'il s'est passé ?

— Mais bien sûr, répond Coralie. C'est lui qui a appelé la police tout de suite après ton enlèvement et c'est lui qui a donné le numéro de la plaque d'immatriculation. Il était avec tes parents quand ils ont reçu ces photos immondes. Il paraît qu'il a ouvert les mails à leur place avec ces deux inspecteurs.

— Hein ?

— Amy, il nous a dit que vous étiez ensemble à la plage et que tu as voulu rentrer toute seule, m'explique Sarah. Alors il t'a suivie parce qu'il s'inquiétait pour toi et il a vu Lucas remonter dans la camionnette et partir. Il a deviné qu'il venait de t'enlever et il a immédiatement donné l'alerte.

Je reste bouche bée. Je n'arrive pas à y croire.

— Et d'après ce que tes frères nous ont dit, ajoute Coralie, il a participé aux recherches, et... c'est lui qui a retrouvé le propriétaire de la villa où tu étais retenue.

— Hein ! Mais comment ? Et pourquoi personne ne m'a rien dit ?

— Nous, on n'a pas les détails, mais ça t'étonne que ces policiers qui t'accusaient ne t'aient pas dit qu'ils t'ont retrouvée grâce à quelqu'un qui ne fait pas partie de la police ? ironise Ludivine.

— Et Thomas ne devait pas vouloir qu'ils te le disent non plus, ajoute Marie. Il sait que tu lui en veux pour cette histoire avec sa copine, ou son ex, peu importe. J'imagine qu'il ne veut pas que tu te sentes redevable, ou quelque chose comme ça.

Merde, c'est vrai. Je ne pensais plus à Rose. Tout ça me semble ridicule maintenant.

— Je ne lui en veux pas.

Sarah pose alors sa main sur la mienne.

— Tu en es sûre ?

— J'étais vraiment très en colère sur le coup, et je me suis sentie trahie. Je ne voulais plus l'écouter, je ne voulais plus rien… mais je l'aime.

— Faut dire qu'on t'a bien monté la tête contre lui, ajoute Ludivine.

— Euh, parle pour toi ! reprend Coralie. Moi je l'ai toujours bien aimé.

Je n'arrive pas à me concentrer sur leurs chamailleries. Tout ce que je me dis c'est que Tom n'a pas osé venir me voir après tout ce que je lui ai balancé dans la figure.

— Les filles, allons-y, dit Sarah en se levant. Amy, tu nous appelles si tu as besoin de quoi que ce soit. Peu importe l'heure, d'accord ?

Je hoche la tête et me redresse pour les embrasser toutes les quatre. J'attends qu'elles soient sorties pour allumer mon portable en charge depuis une dizaine de minutes. J'ai le cœur qui bat la chamade alors que les premières notifications s'affichent. Je ne devrais pas avoir peur, non ? Mais je tremble quand même. J'ai bcsoin de lui parler.

En effet, j'ai reçu plusieurs messages, surtout de Coralie. Mais de Tom, je n'ai qu'un SMS très court envoyé il y a quelques heures.

Je suis heureux que tu ailles bien.

Je relis ces sept mots plusieurs fois. On dirait qu'il a décidé de prendre du recul, sinon pourquoi m'écrire un texto aussi simple ? J'ai du mal à faire le lien entre ce que les filles m'ont raconté et ce que j'ai sous les yeux. Et qu'est-ce que je suis censée répondre à ça ? « Merci, moi aussi » ? Non, non et non. Je repose mon portable et me rallonge. De toute façon, je suis trop épuisée pour réfléchir posément, je risque de faire n'importe quoi. Il faut que je dorme, même si ça me tue de ne rien pouvoir lui dire. J'ai l'impression d'avoir rassuré tout le monde, sauf lui. Mais je ne vois vraiment pas quoi lui dire par SMS. Encore moins en réponse à ce message.

Je ferme les yeux. Je les rouvre et allume la télé que j'éteins à peine dix minutes plus tard. C'est plus fort que moi, je reprends mon téléphone et je l'appelle. La sonnerie retentit une fois, deux fois, trois fois… quand enfin une voix ensommeillée me répond.

— Amy ? Ça va ?

— Oui.

Et là, je réalise tout à coup que je n'ai pas planifié ce que j'allais lui dire.

— Tu as eu mon SMS ?

— Euh, oui. Merci.

— Je ne savais pas quoi dire, j'aurais voulu t'appeler.

— Est-ce que tu peux venir ?

— Je peux essayer, je ferai les yeux doux à la sécurité.

— Ça suffira sans doute

— J'arrive alors. À tout de suite.

— À toute.

Mais il a déjà raccroché. Je récupère la carte de l'inspecteur Jannet et lui envoie un texto pour lui demander s'il peut aider Tom en appelant l'hôpital. Jannet me répond dans la minute que ce ne sera pas un problème. Je me rallonge, toujours aussi tendue. J'arrive à me traîner jusqu'à la salle de bain pour remettre de l'ordre dans mes cheveux et me brosser les dents. Ma mère m'a apporté une valise avec quelques affaires, je porte donc mon pantalon de yoga préféré et un sweat-shirt large, comme il fait froid dans ma chambre d'hôpital. Je ne vais pas me changer, je doute que Tom s'attende à me trouver toute pimpante dans un moment pareil. Je finis par aller m'asseoir sur l'un des deux fauteuils et j'attends, perdue dans mes pensées. Je déteste la sensation que je ressens à cet instant précis, celle d'être encore dans une bulle que l'on s'apprête à éclater. Devant Tom, il ne me sera pas possible de faire semblant, comme avec les autres. En un seul regard, je sais qu'il comprendra tout.

Les minutes passent et j'ai de plus en plus de mal à patienter. Je n'arrête pas de vérifier mon téléphone, mais rien.

Je me lève juste au moment où il frappe à la porte. C'est moi qui lui ouvre et tout ce que je peux faire, c'est le regarder bêtement. Il est le premier à réagir.

— Je suis désolé, murmure-t-il.

Je m'approche alors de lui et me blottit dans ses bras

— J'ai été vraiment trop con. Que ce soit avec Rose ou de t'avoir laissée repartir toute seule…

— Lucas m'aurait attrapée un jour ou l'autre, dis-je en reculant. Et pour Rose…

Il reste suspendu, comme s'il attendait sa sentence.

— Je te crois, si tu dis que vous n'étiez plus ensemble. Enfin, je comprends que tu aies voulu éviter le sujet, même si c'était débile. Tu te disais quoi ? Que ça changerait quelque chose pour moi ?

— Je n'avais juste pas envie de repenser à mes dernières conneries.

Je ne peux pas m'empêcher d'acquiescer, et comme j'ai la tête qui commence à tourner, je me rassois sur le lit.

— Alors, qu'est-ce qu'on fait maintenant ?

— Je t'aime.

Je reste un instant troublé par sa déclaration.

— Je ne sais pas ce qu'on fait, mais je t'aime, répète-t-il.

Il n'en faut pas plus pour que je me remette à pleurer.

— Donc, on ne se quitte plus ?

— À toi de me le dire.

Je ne peux pas m'empêcher de sourire. J'ai tellement de mal à y croire. Tom rapproche de mon lit l'unique fauteuil et s'assoit à côté de moi.

— J'ai vraiment eu peur pour toi, lâche-t-il soudain. Je n'ai jamais autant flippé de toute ma vie.

— Tom, je sais que tu as aidé la police, même si j'ai du mal à imaginer comment tu t'y es pris pour qu'ils te laissent faire. J'ai l'impression que tu m'as sauvé la vie.

Il secoue la tête.

— J'ai fait ce que j'ai pu pour aider, c'est tout.

— Raconte-moi, s'il te plaît. Les filles m'ont dit que tu avais aidé la police à retrouver le propriétaire de la villa, comment tu as fait ça ?

— Ah, ça… Hm, tu te souviens du jour où je suis allé à Cannes, voir le proprio de l'appart de Lucas ?

Je hoche la tête.

— En fait, tu avais raison, je n'avais pas besoin d'aller là-bas juste pour le voir. J'y suis allé parce qu'il m'a dit que quand il avait vu Lucas la dernière fois pour récupérer le loyer, Lucas avait oublié une pochette avec quelques papiers. Lui avait gardé ça pour lui rendre la prochaine fois, mais j'ai réussi à le convaincre de me laisser les regarder. Ce n'était vraiment rien, principalement des vieux reçus, sans doute pour le boulot. Mais j'ai trouvé une brochure de location de vacances avec un numéro de téléphone, et j'ai fait quelques recherches sur ce numéro.

— Attends, c'était quand, ça ?

— Je ne sais plus. Avant qu'il t'enlève. Quand Rose était chez moi.

— Et c'est là que tu as découvert que Lucas louait une villa ?

— Non, non. Je pensais qu'il s'était juste renseigné auprès de cette agence, je n'ai pas fait le lien. C'est après que j'y ai repensé, et que j'ai donné le numéro à la police, c'est tout. Tu vois, je n'ai vraiment rien fait de spécial, mais je commence à connaître tes copines, elles aiment bien exagérer les choses, dit-il avec un sourire.

— C'est quand même grâce à ça que la police a pu retrouver la villa.

Il acquiesce.

— Oui. Ils ont dit à tes parents qu'ils avaient identifié quelqu'un, qui correspondait à la description de Lucas, et qui louait cette maison dans l'arrière-pays depuis deux ou trois semaines.

— Est-ce que tu es resté avec mes parents tout le long ?

— Jusqu'à ce qu'ils apprennent que tu étais en vie, ici à l'hôpital, dit-il.

— Vraiment ?

Son regard inquisiteur sonde le mien.

— Qu'est-ce que j'aurais pu faire d'autre ? Je m'en veux encore de ne pas avoir pu empêcher ça. Je t'ai fait quitter l'appart de tes parents pour te parler, sans réfléchir aux dangers, alors que j'avais le plan tordu de ce type en tête depuis le départ. La moindre des choses c'était de rester avec ta famille.

— Merci.

Tom dépose un baiser sur mon front et me garde un moment contre lui.

— Il m'a tout expliqué, tu sais. Il m'a dit comment il avait fait pour me faire accuser, et tu avais raison. Depuis le départ, il me mentait, il avait tout prévu. Il disait que me faire du mal était le meilleur moyen d'atteindre mon père.

— Ça, c'est clair, soupire Tom.

— Je pensais que j'allais mourir pour de bon. J'étais incapable de le faire changer d'avis ou de discuter avec lui, ce n'était plus du tout la même personne. J'étais terrorisée, j'étais prête à tout pour qu'il m'épargne. Je n'avais jamais ressenti ça.

Dans les romans ou dans les séries, les personnages sont toujours plus combatifs. Ils se révèlent dans ces moments-là, non ? Mais moi, ça ne m'a pas fait ça. J'avais juste envie de vivre… de vivre et d'être avec toi.

Je sens à nouveau son regard et j'ose à peine relever les yeux vers lui. Ce que j'ai à lui dire, je n'y arriverai pas s'il me regarde, j'ai trop peur.

— Je ne suis pas entière quand tu n'es pas là. Tu es le seul au monde qui me comprend tout de suite, qui sait qui je suis. Et je crois que peu importe ce que tu me pourrais me faire, je te chercherais toujours parce que je ne peux pas vivre sans cette autre moitié de moi. Ou alors, je vis une demi-vie, comme ce que je fais depuis huit ans. Et ne me demande pas si j'en suis sûre. Ne me dis pas que j'exagère. Depuis que tu es à nouveau là, je… je redeviens la personne que je dois être.

— Je sais, répond-il simplement. Tout comme je sais qu'on a toi et moi essayé de passer au-dessus de ça. C'est pour ça que je suis revenu l'été dernier, même si j'étais avec Rose. C'est pour ça que j'ai rompu avec elle. J'avais très peu d'espoir de te retrouver, mais il fallait que je te revoie.

— Ça ne nous dit pas ce qu'on est censé faire maintenant.

— On reste ensemble et on attend de voir si un jour on n'arrive plus à se supporter.

— Mais en septembre, je…

Un nouveau baiser interrompt ma phrase.

— Pas ce soir, Amy. On y pensera plus tard, tu ne crois pas ? Repose-toi.

— Tu vas t'en aller ?

— Que si tu veux que je parte, me répond-il en souriant.

Je secoue la tête et attrape une de ses mains pour la serrer dans la mienne.

— Alors, je reste à côté.

Je hoche la tête parce que cette fois je le sais : il ne partira pas.

Chapitre 23

La porte de l'appartement de mes parents s'ouvre avant même que Tom n'ait le temps de toquer. De l'autre côté, mes parents, mes frères et Élodie sont là. Ils m'embrassent tous chacun à leur tour en faisant attention de ne pas me serrer trop fort. Revenir ici me fait quelque chose, surtout après ce qu'on vient tous de vivre.

— Ma chérie, ça me fait du bien de te voir à la maison, murmure ma mère à mon oreille.

— Ça me fait du bien aussi d'être là.

Max me sourit et m'aide à retirer la fine veste que je porte. Je me retourne alors vers Tom qui est toujours dans l'entrée, comme s'il hésitait à se joindre à nous. Alex s'en rend compte et lui demande tout de suite ce qu'il veut boire en l'entraînant vers la cuisine.

— Tu viens t'installer sur le balcon ? me propose mon père.

J'acquiesce en esquissant un sourire et je le suis jusqu'à la table où un buffet d'été nous attend. Ils m'ont réservé un fauteuil confortable sur lequel je n'hésite pas à m'asseoir pendant que Max me sert un verre de vin blanc.

Durant ces derniers jours à l'hôpital, j'ai pu crever l'abcès avec mes parents. On a beaucoup parlé, même avec mes frères et on s'est expliqué. Ça n'a pas été facile, c'est sûr, et il y a des choses que je ne suis pas prête à oublier, mais je crois que les choses pourront s'arranger entre nous. Les inspecteurs sont aussi revenus me parler et Élo était là pour me soutenir. L'affaire est close, maintenant que Lucas est mort. Bien sûr, toute notre histoire s'est retrouvée étalée à la une de tous les journaux de France, mais il n'y avait rien à faire pour empêcher ça. De toute façon, le plus important était de pouvoir en parler en famille. Maintenant au moins, les choses sont claires entre nous, et j'espère que ça nous permettra d'affronter les commentaires à la con des gens qui nous jugeront.

— Ça va ? murmure Tom à mon oreille en s'asseyant à côté de moi.

J'acquiesce en attrapant sa main.

— Je suis fatiguée, je vais vite aller au lit.

— Tu vas au moins attendre les filles, non ? lance Alex en arrivant dans mon dos.

— Vous les avez invitées ?

— Bien sûr, elles ne devraient pas tarder, me répond-il.

— Et maman a préparé des lasagnes, comme c'est ton plat préféré, ajoute Max.

— D'accord, d'accord, admis-je de bon cœur, vous avez tout prévu.

— On voulait bien fêter ton retour, me dit mon père.

— Surtout qu'on ne sait pas quand on va se revoir après, explique Max.

Il n'a pas tort… J'ai décidé de ne pas passer le reste des vacances sur la côte. Mes parents envisagent aussi de remonter vers Lyon, avec Alex et Max pour passer les prochaines semaines en famille, et tenter d'oublier tout ça. Pour le moment, j'ai l'impression que l'ambiance de la marina est trop pesante pour eux. Elle l'est pour moi.

— Quand est-ce que vous retournez à Lyon tous les trois ?

— Après-demain, je pense. On est parti longtemps, répond Max.

— Au fait, Tom, lance Alex avec un sourire gêné. Je suis désolé pour l'autre soir. J'étais mort d'inquiétude pour celle-là, continue-t-il en me désignant, mais je sais que ce n'était pas une excuse pour m'en prendre à toi.

Tom a l'air embarrassé, lui aussi.

— Ce n'est rien. Ne t'excuse pas, répond-il. J'aurais sans doute eu la même réaction…

— Euh, de quoi vous parlez ? Max ? Qu'est-ce qu'Alex a fait ?

Mon deuxième frère fait semblant de ne rien savoir.

— Alex ?

— Laisse tomber, Amy, dit Tom.

Max me fait aussi signe de lâcher le sujet, et me demande :

— Quand est-ce que tu pars à Londres, toi ?

— J'espère que la météo sera sympa, commente Élodie en me lançant un regard complice.

— Je ne sais pas, on n'en a pas encore parlé, dis-je en tournant la tête vers Tom.

— Quand tu veux, répond-il.

— En tout cas, on est content de te revoir Thomas, ajoute Alex. Mais un jour, tu nous expliqueras pourquoi tu as disparu pendant si longtemps ?

—Alex !

Je fais les gros yeux à mon frère, mais celui-ci se contente de hausser les épaules.

— Un jour sûrement, répond Tom.

Ça sonne à la porte. En moins de trente secondes, mes quatre meilleures amies font irruption sur le balcon. Elles m'ont manqué. J'ai l'impression que je leur dois beaucoup et je compte bien les revoir pendant l'année scolaire. Je crois que j'ai trop longtemps sous-estimé leur importance dans ma vie.

Il est tard quand tout le monde décide de rentrer. Après les avoir tous salués, je retiens Tom sur le balcon un instant.

— On sort ?

— Maintenant ? Tu tombes de fatigue.

Je hoche la tête.

— Pas loin, juste sur la plage. J'ai besoin de prendre l'air.

— Ok, allons-y.

Après avoir promis trois fois à ma mère de me raccompagner jusqu'à la porte, Tom m'escorte en bas de l'immeuble. Les rues se sont un peu vidées, mais il reste du monde à la terrasse des restaurants. J'ai une drôle d'impression en marchant le long du port, je crois que je réalise que je dois prendre mes distances avec cet endroit. J'y revenais sans arrêt par nostalgie, parce que l'absence de Tom dans ma vie était insoutenable et que j'espérais quelque part le retrouver… Mais cet été, tout a changé. J'ai obtenu les réponses que je cherchais, et je suis prête à repartir à zéro, avec ou sans Tom, même si j'espère que ce sera avec lui.

On marche en silence jusqu'au petit chemin qui mène à la plage. Je serre la main de Tom dans la mienne quand la lumière des lampadaires se fait plus faible, mais je n'ai pas peur. On avance encore sur les galets jusqu'à s'asseoir sur les rochers, face à la mer. Malgré mon état de fatigue avancée, je suis bien ici, au bord de l'eau.

— J'ai longtemps cru que tu étais sorti de ma vie à cause de moi… à cause de ce que j'étais ou je n'étais pas.

— Je n'y avais jamais pensé en te quittant. J'étais trop en colère contre toute cette situation. Je pensais que tu te disais que j'étais un sale con, c'est tout. Je savais que j'allais te briser le cœur, mais j'espérais que tu t'en remettrais. Et quand j'ai parlé à Ludivine l'été dernier, elle m'a plus ou moins confirmé ça.

— Je croyais que tu ne l'avais pas crue.

— J'ai dit que je n'avais pas pris tout ce qu'elle m'avait dit au sérieux, mais je voulais bien croire que tu m'avais oublié. Pour moi, c'était logique.

— Tu t'es planté. Pourtant, elles ont toutes essayé de me faire passer à autre chose, crois-moi. Mais je ne voulais pas.

— Tu aurais dû.

— Bien sûr que non ! Tu es revenu et je ne peux pas regretter ce qu'il s'est passé. Même si je ne sais pas ce qu'on va faire dans quelques semaines, quand…

— On y pensera en temps voulu. Pour le moment, on est tous les deux et on n'a pas l'intention de se séparer.

Je pose ma tête sur son épaule et ferme les yeux. Le bruit des vagues me berce et la présence de Tom m'apaise. Je voudrais rester comme ça toute ma vie.

Épilogue

Je déteste être en retard. Vraiment. Même quand c'est pour une bonne raison, comme ce matin. Je regarde encore mon téléphone, il est sept heures dix-huit et je suis à peine en train de m'habiller.

— Je t'appelle un Uber, s'amuse Tom en attrapant à son tour son portable. On est qu'à treize minutes en voiture de l'école d'après leur app. J'ai même le temps d'aller te chercher un café en attendant que tu finisses de te préparer.

— Ça ira, lui souris-je en retour. J'en prendrai un à l'école.

— Ça va, ? Tu n'as pas trop le trac ?

Je secoue la tête.

— Les enfants, je connais. Et les collègues ont l'air sympas.

Ce matin, je fais ma rentrée dans une nouvelle école, à Londres. Après avoir passé la fin de l'été dernier ici, chez Tom, j'ai dû rentrer dans mon village où j'y ai vécu la plus longue année de mon existence. Avec Tom, on a passé notre temps à enchaîner les aller-retour Nantes-Londres, Londres-Nantes, pour se voir le plus possible. Au bout de cinq mois, j'ai commencé à monter un dossier de mise en disponibilité, comme j'avais peu d'espoir d'être mutée à Londres. L'idée de départ était simple, j'allais m'installer chez lui, prendre un petit boulot, jusqu'à trouver un contrat dans une école locale. Mais finalement, à peine une semaine après mon déménagement à Londres, un poste s'est libéré à la dernière minute dans une des écoles françaises de la ville. J'ai sauté sur l'occasion et je crois que le fait que je sois déjà sur place a vraiment joué en ma faveur. Je commence aujourd'hui dans une classe de CM1, un vrai changement quand on sait que j'ai toujours enseigné en maternelles, mais ça me plaît.

Évidemment, rien ne dit que je garderai ce poste l'an prochain, et pour le moment ça m'est égal. Je sais qu'il y aura toujours des opportunités ici ou ailleurs et Tom m'a dit qu'il serait prêt à me suivre, puisqu'il travaille de chez lui. Ma décision a quand même surpris tout le monde, puisque j'ai osé renoncer à un statut qui offre une énorme stabilité. Pourtant, ni ma mère ni mon père n'ont critiqué mon choix, et mes frères avaient l'air contents pour moi. Quant à Tom, même s'il n'a pas essayé de se mêler à ma décision, je sais qu'il avait vraiment envie que je m'installe ici avec lui. Notre cohabitation se passe sans accroc, comme si on avait toujours vécu ensemble. On ne s'ennuie jamais, on ne manque pas de sujets de conversation et ça ne nous dérange pas de ne rien nous dire non plus. Sa simple présence me fait du bien et c'est réciproque je crois.

Je me dépêche de me coiffer et de me maquiller, mais au moment de sortir de la salle de bain, je tombe nez à nez avec Tom. Il me tend une petite boîte rectangulaire.

— Ce n'est pas grand-chose, dit-il, mais je me disais que ça te ferait un porte-bonheur pour ta rentrée.

Je lui lance un regard interrogateur, auquel il répond par un clin d'œil. J'ouvre le coffret qui renferme un pendentif orné d'une petite pierre ovale qui ressemble à un galet poli.

— Quand je suis revenu de Londres, il y a huit ans, j'ai trouvé ce petit caillou dans ma poche. Je l'ai gardé comme une sorte de porte-bonheur... Et lorsque j'ai compris que je ne te reverrais plus, il m'a paru encore plus précieux.

Je suis émue aux larmes et me blottit contre lui. Il m'aide à accrocher la chaîne autour de mon cou avant de me serrer longuement dans ses bras.

Les vibrations de son portable dans la poche de son jean nous ramènent à la réalité. Mon chauffeur est arrivé. Tom m'embrasse encore une fois devant la porte.

— Passe une bonne journée. Je t'aime.

— Moi aussi, répondis-je le sourire aux lèvres. À ce soir.

Et je quitte notre petit appartement de Wood Court. Dehors, le ciel est gris, un vent d'automne balaie déjà la rue, mais je m'en moque. Je saute dans mon Uber plus heureuse que jamais.

Fin

Suivez-moi en ligne

Chers lecteurs, je vous invite à me suivre sur les réseaux sociaux pour connaître l'actualité de mes romans ☺

Facebook : https://www.facebook.com/ameliajonesauteur/

Twitter : @AmeliaC_Jones

Instagram : ameliacjones.auteure

Découvrez mes autres romans…

… et retrouvez Lyle dans de nouvelles aventures

Traquée, elle ne peut plus échapper à son destin. Il est son seul espoir.

Lorsque son pensionnat est brûlé et que ses proches sont assassinés, Caelan doit fuir et changer d'identité. Dès lors, elle comprend que l'incendie n'était que le début d'une longue traque et qu'elle n'a d'autre choix que de se battre contre un complot qui dépasse de loin tout ce qu'elle pouvait imaginer. Mais elle n'est pas seule. Qui est cet homme qui l'observe parmi la foule ? Et surtout, pourquoi la dévisage-t-il comme s'il la connaissait ?

La guerre menace d'éclater entre les deux plus puissants royaumes de l'Eitivar. Pourtant, ce n'est pas l'invasion de l'armée ennemie que redoute Caelan, mais le danger que représente celui qui la traque depuis des mois. Prête à tout pour lui échapper, Caelan accepte de s'exiler une seconde fois dans la mystérieuse vallée des Zephanes. Quels secrets y découvrira-t-elle ? Y sera-t-elle vraiment en sécurité ? À la capitale, Malène et Kieron feront tout ce qui est en leur pouvoir pour repousser l'armée de l'Antianor et sauver leur royaume. Mais seront-ils de taille à affronter l'ennemi ? Trouveront-ils le soutien qu'ils cherchent auprès des autres royaumes ?

Que faire lorsque l'on se retrouve banni de son royaume, que l'on perd sa fiancée et son honneur ? Pour Lyle, il n'y a qu'une seule solution : couper les liens et s'engager dans une aventure qui l'entrainera jusqu'au bout du monde. Serez-vous prêts à le suivre ?

Jusqu'au bout du monde retrace l'histoire de Lyle, personnage de la duologie du Dernier Descendant. Ce roman peut se lire seul, avant ou après la lecture du Dernier Descendant.

Après des années d'errance, Lyle décide de reprendre du service. De nouvelles questions l'obsèdent : qui est ce nouveau roi qui menace l'équilibre du continent ? Comment sont réellement mortes les jeunes filles de l'école du Lac ? Et surtout, pourquoi sa famille semble autant affectée par cette histoire ? Encore une fois, Lyle n'hésite pas à foncer au cœur de l'action pour chercher des réponses. Il ne se doute pas que cette nouvelle affaire le plongera dans l'aventure la plus intense et la plus éprouvante de sa vie.

Son monde a été dévasté par la guerre, les derniers survivants se terrent sous des cités-dômes, elle seule peut faire éclater la vérité. Résister. Ne jamais abandonner. Se battre encore et encore. Étouffer la peur, étouffer les craintes. Oublier, sans oublier, et s'accrocher. Nora est prête à tout, prête à tout pour venger ses parents, prête à tout pour faire exploser ce foutu dôme sous lequel elle vit depuis sa naissance. Chanter au club, séduire tous ces hommes qui la répugnent, s'allier à un inconnu d'une autre cité-dôme... rien ne l'effraie. Personne ne pourra la détourner de son objectif, ou presque... Quand un mystérieux allié venu d'une autre cité-dôme lui propose son aide, l'univers de Nora bascule. Nora parviendra-t-elle à lui accorder sa confiance et à détruire ceux qui ont pris le contrôle du nouveau monde ? *Un roman post-apocalyptique à couper le souffle, mêlant espionnage, vie souterraine, groupe de résistants, complots et mensonges.*

Dépôt légal : Décembre 2020
ISBN:
Imprint: Independently published

Printed by Amazon Italia Logistica S.r.l.
Torrazza Piemonte (TO), Italy

59752130R00163